Best Time

白 马 时 光

聊聊

倪 萍 著

百花洲文艺出版社
BAIHUAZHOU LITERATURE AND ART PRESS

图书在版编目（CIP）数据

聊聊 / 倪萍著 . — 南昌 : 百花洲文艺出版社，2023.11
ISBN 978-7-5500-5222-2

Ⅰ . ①聊… Ⅱ . ①倪… Ⅲ . ①随笔－作品集－中国－当代 Ⅳ . ① I267.1

中国国家版本馆 CIP 数据核字（2023）第 136257 号

聊聊
LIAO LIAO

倪萍 著

出 版 人	陈　波	
出 品 人	李国靖	
特约监制	韩莎莎　王俊艳	
责任编辑	刘 云　程 玥	
特约策划	王俊艳　邹兵艳　刘丽娟　董 妍	
特约编辑	董 妍	
封面绘图	非 鱼	
封面设计	TAODABAO 淘大窗设计工作室　DESIGN STUDIO QQ:646185617	
版式设计	汪文琦	
出版发行	百花洲文艺出版社	
社　　址	南昌市红谷滩区世贸路 898 号博能中心 Ⅰ 期 A 座 20 楼	
邮　　编	330038	
经　　销	全国新华书店	
印　　刷	三河市金元印装有限公司	
开　　本	880mm × 1230mm　1/32	
印　　张	10.25	
字　　数	184 千字	
版　　次	2023 年 11 月第 1 版	
印　　次	2023 年 11 月第 1 次印刷	
书　　号	ISBN 978-7-5500-5222-2	
定　　价	68.00 元	

赣版权登字：05-2023-193

发行电话　0791-86895108　　　　　　网　址　http://www.bhzwy.com
图书若有印装错误，影响阅读，可向承印厂联系调换。

自序

一群年轻姑娘在围堵我。

"倪萍老师，你那么成功，给我们指指路吧！"

我冲着她们摆摆手。没有谁敢说"我可以给你指路"，尤其是像我这个年龄的老太太真不能乱给年轻人指路，因为我们经历的时代、生活的环境都不一样，我现在常常是追着年轻人在走。

有多少人就有多少路，路都是自己走出来的，还真得自己试着去走。

至于成功，你们实在是太不了解我了。我一路跌跌撞撞，不知摔了多少跟头，也常常不知所措，有时候还鼻青脸肿的。你们看见的只是我爬起来以后的样子，只是整理完头发后的样子。

姑娘们睁大了眼睛，一脸的不相信。

如果我说，年轻的你们不知让我有多羡慕，我愿意拿出我所有的钱和所谓的成就去换你们的青春，你们换吗？

姑娘们全都笑了，知道我这是在说梦话。

就这样，我和这些孩子成了朋友。

几年的时间里，有空我们就一起聊聊天，吃吃饭，喝喝茶，于是就有了这本书。

聊聊我不知道的你。

聊聊你不知道的我。

侯蕾 2022 于北京.

目 录
CONTENTS

第一章

当梦想撞进现实

在现实面前，该怎么对待梦想？

昵称：嘉玲

年龄：38 岁

婚育：已婚已育

职业：培训机构老板、保险代理人

来访人小档案

　　嘉玲是我见到的第一位"小朋友"，白净的脸上有一双令人难忘的眼睛，坚定且自信。她说话的时候一直在微笑，这种笑会让你对她产生一种敬意。

1. 最幸福的事情就是和孩子们在一起

嘉　玲：哈哈，倪萍老师，别叫我小朋友，我已经是有两个女儿的
　　　　妈妈了！

倪　萍：哦？好福气！

嘉　玲：我是一个特别喜欢孩子的女人，我想如果不是经济条件实
　　　　在不允许了，我一定会积极响应国家的号召生第三胎，给
　　　　国家做贡献，别说三胎了，生十个八个都行。

倪　萍：哈哈，怎么跟我年轻的时候想的一样啊，我一直后悔没有
　　　　生八个！

　　　　嘉玲说职业梦想之前先说起了孩子，满脸洋溢着做母亲的
知足。

嘉　玲：我觉得最幸福的事情就是和孩子们在一起，陪他们一起玩，
　　　　教他们各种知识和技能，看着他们犯错和成长。
　　　　我来北京找到的第一份工作就是在一个幼儿培训机构做前
　　　　台，我太喜欢幼教这个行业了。刚开始的时候，小小的出
　　　　租屋和培训机构两点一线是我的生活常态。

嘉　玲：我从前台干起，销售、市场、教学什么都干，我每时每刻
　　　　都在想家长们有什么需求。那些年，我一天都没休息过，
　　　　总担心今天要是不去工作我的孩子们该怎么办。因为孩子
　　　　这种神奇的小生命，让我其他的欲望都降低了。

倪　萍：那你是从什么时候开始在事业上有突破的？

嘉　玲：我当时很快就成为行业内的顶尖人才了，也正是因为我有
　　　　这股拼劲儿和卓越的业绩表现，我当时的老板给了我参股
　　　　做合伙人的机会。
　　　　我那会儿刚结婚，我爱人是军人，工作很稳定。我们住在
　　　　他部队分配的一个单身宿舍里，手里有双方老人给的一些
　　　　礼金，凑一起有个三十来万元。当时年轻啊，意气风发的
　　　　啥都不怕，脑门儿一热就把这钱拿出来投了一个校区，结
　　　　果赶上了中国教育行业起飞的高光时期，第一次投资八个
　　　　月就回本了。回本以后就开始跟着投资第二家，第二家也
　　　　是十个月回本。然后就是第三家、第四家，跑马圈地一样，
　　　　迅速扩张。除了我自己参股的五个中心，我还协助我加盟
　　　　的早教品牌在中国开了两百多家分店，投资商也都是主动
　　　　找上门的，一直到2019年都比较顺。

嘉玲跟我说这些的时候满面春风，语速快得惊人。让人惊讶的是她在这马不停蹄的创业期间竟然还忙里偷闲地接连生了两个女儿。

这就是人们说的女强人了吧？我看着眼前清秀的她，一直在想，真强大啊！

她说自己和老公感情很好，还把父母公婆四位老人都接过来一起生活，大家相处融洽，从未有过矛盾。他们有条件能让生养他们的父母都过上比从前更好的生活。两家三代人在一个屋檐下生活，忙乱却温暖，多么智慧和勇敢！嘉玲觉得自己在 30 岁的时候已经成为人生赢家了。

我赞赏地看着她，多么好的女儿和儿媳！还把爸爸、妈妈、公公、婆婆接过来一起住，佩服！我夸她就是人生赢家！

2. 生活太顺，不要得意忘形，小心"栽跟头"

嘉　玲：其实这十年太顺了，顺到我自己都觉得需要栽一个跟头。
　　　　因为跑得太快，不知道思考，没有风险意识。

嘉玲就这样一直笑着跟我说她栽的这个跟头。

嘉　玲：2020 年，疫情来了。从 2 月份开始，教培行业所有校区全
　　　　部停课，但员工的薪水要发，商业房租要缴。我每天都不
　　　　敢睁眼，睁开眼就是几十万元地往外丢，接着有股东开始
　　　　撤资。不只我们，周围的很多培训机构和健身中心干脆就
　　　　直接关门了。

聊到这里，她不说话了，我懂她。

你也许能体会丢了几千元钱是什么感觉，可两千万元呢？她
以青春、热情、快乐为代价，用十年辛苦劳动收获的总和却在这
个冬天归零，还背负了巨额的外债。对于已经是两个孩子的母亲，
还要照顾四位老人的嘉玲来说，这不仅是倾家荡产，更是几乎摧
毁了这个家的顶梁柱。这是致命的摧毁，太残酷了。

嘉玲说在那几个月，"脑子里的血都绷不住了"，明白往后
的生活将会是断崖式下落。

我也有些绷不住了，这是实实在在的"一夜回到解放前"。

我递给嘉玲一杯普洱茶，她接过杯子的那一刻，我看到她眼
睛里有泪水。

倪　萍：想哭就哭吧，我还没你坚强！真的，嘉玲，你太强大了，如果是我，早就完了。这些事你家里人知道吗？

嘉　玲：只有我爱人知道，我们家里的其他人全都不知道。他们知道了也帮不上忙，还糟心。我咬牙维持着家里原来的生活水平，该吃吃，该穿穿，不想降低家人在一起的幸福指数。只有周末我爱人回家了，睡觉的时候，我会在他怀里哭一场。我爱人就一直紧紧地搂着我，直到我哭睡了，他才松手。

我不知道用什么样的语言来安慰面前坐着的嘉玲。

倪　萍：我最佩服你这样的女人。你这种担当，这种坚强，这种家庭责任感，让我坚信，你还有更好的未来。

嘉　玲：倪萍老师，你不是在安慰我吧？

倪　萍：不是，这是我的直觉，我相信。

我给她递了一张纸巾。
嘉玲擦了擦眼泪。

嘉　玲：有人劝我实在没办法就把几个学校关门跑路算了，反正大环境如此，也不是只有一家机构这么干。我说这可不行，我是军嫂啊！这不仅是一个称谓，更是责任与担当。家长在我这里给孩子缴费办卡是对我的信任，咱不能辜负了这份信任，干昧良心的事。

她夜夜失眠，想各种办法自救。她先是止损，把自己学校的低幼孩学籍以低价转让给有生源需要的线上教育机构。同时为了满足还债和家庭正常开支的需求，兼职从事保险代理人的工作。

倪　萍：卖保险，这对你来说是个很艰难的转折吗？
嘉　玲：我以前看不上卖保险的，我是真的没办法了。我需要赚钱还债，我的学校只要还开着就会产生房租和日常费用，还有之前欠下的要退给家长的钱。好在我老公有稳定的收入，足够支撑两个女儿平时要上的钢琴课和舞蹈课费用以及房贷，家庭每月固定支出要两三万元。我妹妹从事保险工作很多年了，她现在一个月能挣十七万元。我就想着我再优秀再拼命，也找不到能挣这么多钱的工作啊！何况时间还自由，可以一边卖保险一边继续打理我的学校，就动了心。

我看到了美丽女人的样子，即使没有盛装华服，她依然在灯光下舞动着人生。长发下流着汗水，心里滴淌着血水，嘉玲脸上那双好看的眼睛里又散发出坚定自信的目光，她又笑了。

是的，像嘉玲这样能力非凡又肯拼命的人一定行的。她入行保险业没多久就做得相当不错，但新的问题又产生了，家人们始终认为卖保险不是一个正经工作，不停地劝说她放弃。

同时，随着保险业务越做越好，她自己也不知为什么开始感到羞耻了。这种羞耻感一天比一天更强烈，是坏事怎么偏偏降临在自己身上的那种羞耻，是以前一掷千金现在一分钱要掰成两半花的那种羞耻，是创业期间曾为了事业而忽略了对大女儿的陪伴却最终两手空空的羞耻，是熟人们过去见她无比热情现在见她能躲就躲的羞耻……

她忘不了第一次向一个学生家长推销保险产品时对方惊恐的眼神。嘉玲感觉整个世界都崩塌了，现在她开辟业务也会下意识规避熟人圈。

嘉玲又不说话了，端起茶杯的手有些抖。我本能地开始心疼她了。她才 30 多岁啊！

3. 成年人的世界里就没有"容易"二字

是的，要脸面还是要实惠，对我们大多数人来说，这是一个问题。

孩子学习不好了，家长觉得没脸面；老公赚钱不多了，老婆觉得没脸面；父母不够时髦了，孩子觉得没脸面；雇主家财富不够多权力不够大，做保姆的都觉得没脸面。

脸面是个什么东西啊？是虚的，又不能当饭吃。人啊，活在哪里都不应该活在别人的眼里和嘴里，可我这通俗的理能说服嘉玲吗？嘉玲一直在哭。我真是太心疼这个孩子了，可我该怎么跟她说清楚脸面和钱的关系呢？

说我自己，这也许是最笨的方法了。但还是想告诉她，每个人都有相似的问题，只是你不知道。

于是我不得不再说一次我最不想提起的事，因为这或许能让嘉玲找到心里的那个同伴，那个影子。

倪　萍：嘉玲，你要知道，成年人的世界里就没有"容易"二字。

我当年为了给儿子治病，向台里提出了辞职。我要挣钱，这是一件革自己命的事。那时候说挣钱，还是个难以启齿的事。放下那么好的平台，放下我手中曾视如生命的话筒，这确实是得把自己的心撕碎了。

当时我真的没有别的选择了。看着躺在我怀里的儿子，一个鲜活的生命面对着我，能救他的只有父母啊！无数个黑夜我睁着眼睛问自己：怎么办？我会后悔吗？这样的选择是对还是错？

倪　萍：那时候不是没有闲言碎语，只是在孩子的生命和未来面前，那些难听的话不算什么。"我一定要把我儿子的病给治好"，这是我当时唯一的信念。我曾经要强地给自己定下各种目标，要成为这样的人、那样的人。只有当灾难降临的时候才发现生活是自己的，即使所有人都对你赞不绝口，又能怎么样？更何况从来没有人可以赢得所有人的美誉，别把这些虚的名头看得太重。在自己真正的人生和苦难面前，虚无的脸面一文不值。

你刚才说不能降低家人的幸福指数，听到这话那一瞬间，我的心被猛扎了一下。我想起最难熬的那段日子，是70多岁的妈妈一直陪着我。那时候我妈连长了毛的面包都舍不得扔掉，刮掉上面的毛，用锅蒸了再吃。她知道我没钱了，她知道我需要钱，但我那时候没想到我妈也是需要照顾、需要爱的老人了！你看你在这一点上，比我好太多了，这叫人性的光辉啊！

嘉玲，保险业是朝阳产业。职业没有贵贱之分，任何一份工作只要你认真对待，它就会给你足够的回报。

至于流言蜚语，这一点我也深有体会。说实在的，人生太

漫长，我不会把所有对我的赞美或诋毁都放在心上，为它
们去纠结，完全不会。因为在这个世界上我们都一样，各
有各的难处，各有各的光芒。

倪　萍：梦想只是个方向，只要你足够强大，弯路也可以变成通途。

人生的路啊，本来就是摸索着前行的，在弯路上摔了，大

不了爬起来重新起个头好了。

4. 埋头苦干，把自己打造成一把无坚不摧的利剑

人生的自画像，不是描绘一时一事，而是生命的全过程。坚
持内心，不断地往人生的画纸上涂抹自己喜欢的颜色，最终会描
绘出你自己满意的样子。

我极力想让嘉玲振作起来，跟她说我当年最无助的时候就想
到了尖毛草，这是我从给儿子买的一本童话书里知道的。

倪　萍：非洲大草原上生长着一种奇异的植物——尖毛草。

当春天来临时，其他植物开始疯狂生长，而尖毛草仿佛压

根儿就没感受到春风的召唤似的，始终保持在一寸左右，

就像被抛弃的可怜虫，显得寂寥而寒碜。尖毛草总是那么不紧不慢地吸收阳光雨露，像一个光吃饭不长个儿的小孩，几乎看不见有什么起色，比草原上的许多野草都低矮。

倪 萍：可是只要一场大雨降临，尖毛草就像被施了魔法一样，每天以一尺半的惊人速度向上猛长，不到一个星期，就能长到一米六七，有的甚至达到两米高。

后来人们通过研究发现，尖毛草之前不是没有生长，只是因为它长的不是地面上的茎，而是地下的根。

在漫长的时间里，尖毛草的根不断向地下扩张，最深的地方能达到二十几米，它的根系牢牢地锁住水分，吸收土壤中的营养成分。当蓄积的能量达到成长的需要时，只要一下雨，尖毛草就会在短短几天时间内长成草中佼佼者。

今天的你不管选择去做什么，只要不断地去储存知识，增长见识，了解市场状况，一旦时机到了，你就有可能长成最粗壮的那棵树。

无论是植物还是人，要想有所成就，就必须学会隐忍，先扎根埋头苦干，在机遇降临前，把自己打造成一把无坚不摧的利剑。扎根的时候，别惧怕被看不起，小草自然不被重视，但依然自在生长。外在的一切浮华只是手电筒给你的一束光，它照你一下你亮一下，电用完了就暗下来了。

但别忘了你自己也有个开关，只要你一直在充电，属于你
的光芒就会越来越亮。所有外在的光都是虚的，只有你是
实的。

倪　萍：也许父母想要你的人生不是光芒万丈就是安稳无忧，他们
　　　　当然是为了你好，但那真的是你自己也想走的路吗？或者
　　　　说，真的是适合你走的路吗？决定我们人生道路的，只能
　　　　是我们自己。

　　我越说越激动，几乎想站起来抱住嘉玲的双肩告诉她：年轻
是最有权利去编织梦想的时光。但对一个女人来说，是全力以赴
追求梦想重要，还是暂时放下梦想陪伴幼小的孩子重要？这是今
天很多职业女性无法抉择的难题，一万个家庭有一万种选择。现
在绝大多数的教育理念都说教育不可逆，孩子小的时候离不开父
母的陪伴。我是非常赞同的，但是嘉玲几乎没有选择，必须放下
孩子挣钱还债。

倪　萍：你知道孩子想要什么样的妈妈吗？国外有个心理专家做过
　　　　一次小测试，给100个小学生发了调查问卷，问他们是喜
　　　　欢一个没有工作，但可以全天24小时陪伴照顾他们的妈妈，
　　　　还是喜欢一个当外交官，工作非常忙很少有时间陪他们的

妈妈。人们猜测选择前者的多，但奇怪的是，有 80% 的孩子选择了外交官妈妈。心理专家就反思了，我们以为孩子的内心只有日常生活陪伴照顾以及情感的需要，但其实孩子在本能上也有荣誉感的需求。他们知道阳光灿烂的日子是什么样的，也知道阴天下雨的日子是什么样的，喜欢阳光的温暖，也喜欢落雨的清凉。

倪　萍：这个测试告诉我们，活好自己，做好孩子的榜样，当一面无比光亮美好的镜子，对孩子的一生影响更大。

嘉玲你知道吗，你为了梦想而努力奋斗的样子很美，为了家人而忙碌的时候也很美，为了自己的不完美而内疚想办法去弥补的时候更美。女人到了中年时的成长，是自我的接纳和成全，是终于承认自己所有的好与不好，是不再害怕孤独与流言。

嘉玲似乎听进去了。临别时，嘉玲说："倪萍阿姨，我能抱抱你吗？"我说："我也想抱抱你，孩子！"

年龄相差近 30 岁的两个女人紧紧地抱在了一起，嘉玲伏在我肩上又说了一句：我欠的债可能不止两千万元，学校一直不能开，我就会一直赔下去。

我听到这个惊人的数字，把她抱得更紧了，我们俩都哭了。

孩子不怕，你还年轻。我只轻轻地说了这句话。她走了，我一直惦记着她，一直想谁可以帮她呢……

和嘉玲聊完，我想把卡耐基写的这段话送给她——

"这个世上能百毒不侵的女人，都曾伤痕累累；能笑看风云的女人，都曾千疮百孔；每一个自强不息的女人，都曾无处可依；每一个看淡情爱的女人，都曾至死不渝。我们历经千帆终于明白，女人一生，最重要的事，就是好好爱自己。"

嘉玲，听见了吗？好好爱自己，才能一直向前走。

人生问答题

你认为面子和赚钱哪个重要？

A. 挣钱更加重要。因为钱可以帮助人实现自己的梦
想，创造更好的生活。

B. 面子更加重要。因为面子可以让人获得尊重、认
可和自信。

后来的我们

　　我已经说服了我的家人接受我现在所从事的这份工作，目前我是一家跨国保险公司的金牌保险代理人，已有自己的保险团队。之前开办的早教机构关闭了大部分，只余一家依然在维持中，给家长们的退款在一批一批陆续办理。虽然债务金额依然不小，但是我已有了足够的勇气和信心去面对未来。

——嘉玲

面对一个对感情忠诚又吝啬的人，要怎么办？

	昵称：青栀
	年龄：36 岁
	婚育：已婚已育
来访人小档案	职业：编剧

青栀是一个特别漂亮的小姑娘，很惹人疼爱，个子很高，文质彬彬的，圆圆的大眼睛，清澈又纯净，给人一种如沐春风的感觉。

1. 与其索求爱的承诺，不如索求具体的生活

倪　萍：哇，多么漂亮的一个小女孩！

青　栀：不是小女孩了，我已经 36 岁了。

倪　萍：太不像了。

青　栀：我的职业是编剧，准确来说应该一半是编剧，一半是带孩子的家庭主妇，我的儿子现在已经 11 岁了。我现在就是这样一边写东西，一边带孩子。生孩子之前我是做记者的。

倪　萍：一边做编剧，一边带孩子，是一个多好的搭配呀。

青　栀：不好，特别不好。

倪　萍：怎么不好？

青　栀：我觉得从事这种创作性质的工作，是需要一个安静的环境和状态的。但是带小孩时，就会把时间搅得很碎，有种手忙脚乱的感觉，我就这样度过了几年时间，直到他 10 岁之后我才能喘口气。

倪　萍：其实换个角度看，写作和带孩子这个过程重合，也是你理解生活的一个过程，你要是没有带过孩子，兴许写东西还没那么深刻。而且随着孩子慢慢长大，慢慢远离了之前忙乱的状态，再回头看这个过程，你可能会觉得，那是特别

宝贵、特别美好的几年。

青　栀：对，我现在觉得是的，但当时真的不知道什么时候是个头。

青栀长舒了一口气，简单地交谈了一会儿，我就已经感受到她心里的疲惫，她心头一定还被什么东西压着。

倪　萍：你先生是做什么的？

青　栀：他是从事 IT 行业的，他工作很忙，顾不上家里。在他的观念里面，带孩子根本没他什么事，所以这也是我在这段关系里比较辛苦和困惑的原因。

我们结婚很早，当时是有了这个孩子才决定结婚的，所以没有做好充分的计划和准备。那个时候我 25 岁，他 24 岁，一切都是兵荒马乱的感觉，还没来得及享受爱情，就步入了油盐酱醋的琐碎生活。

他最初觉得，只要跟我结婚，两个人可以一直在一块儿就行，但没有想到结婚之后面临的是生活里的一地鸡毛。他在孩子出生之后，表现出来的状态很奇怪，他并不觉得自己当父亲了，要跟我共同承担起照顾孩子的责任，而是觉得孩子是"第三者"。比如我晚上好不容易把小孩哄睡了，他会说："现在你该来陪我了。"

倪　萍：他喜欢这个孩子吗？

青　栀：实事求是地说，他不喜欢。

　　一个父亲不喜欢自己的孩子，这真的很不可思议。青栀说出这些话的时候，语气是平静的，可她的眼神里满是我不忍看的疼。

倪　萍：为什么？这种爸爸比较少见，他这样会影响你们俩的感
　　　　情吧？

青　栀：是的，非常影响，这其实是我们俩的一个核心矛盾。

倪　萍：是因为你陪他的时间少，精力不在他身上吗？

青　栀：是，还有一个深层次的原因可能是，孩子出生之后映射出
　　　　了他的童年生活。从他记事开始，他的父母没有一天不在
　　　　吵架，他觉得父母吵架都是由他造成的。

倪　萍：你们俩吵架吗？

青　栀：刚开始的时候吵架，现在不吵了。

倪　萍：你们结婚那会儿很相爱吧？

青　栀：是的，我们是在爱情达到一个很美好的阶段的时候结的婚，
　　　　我在结婚后这么长的时间里面，也还在寻找这种爱的痕迹。
　　　　可能是因为我是一个写作者，还是会比较理想化或者向往
　　　　浪漫吧。但他在结婚之后，就觉得万事大吉了，又把自己

封闭起来，回到一个人的状态里去了。再加上有了这个孩子，可能他觉得比较烦吧。

倪　萍：他这个反应跟你不上班做家庭主妇有关系吗？

青　栀：最初的几年我还是在工作的，所以这个不是最主要的原因。

倪　萍：正常来说，他因为爱你会更加喜欢这个孩子。你觉得他后来还爱你吗？

青　栀：我……我很难回答这个问题。

看着青栀无力的状态，我知道她心里藏了不少的难过和委屈，又跟她聊了一些其他的情况，希望能帮她找到问题的症结。看着她那无助的样子，我很难过。

青栀说家里平时只有一家三口，妈妈偶尔会过来帮忙。她全身心地照顾孩子，也就没法像过去一样顾及丈夫的情绪。丈夫的工作压力是阶段性的，青栀也排除了她丈夫另有所爱的可能。青栀曾试着理解丈夫，去分析背后的原因，可始终找不到答案。

倪　萍：青栀，你想过吗，如果真的是因为看到孩子就想到自己的童年，反而不会和老婆吵架。因为他会想让孩子有一个特别幸福快乐的童年，这才是正常的逻辑。

青　栀：在孩子出生之后，我丈夫认为孩子夺走了属于他的爱和自

由，他觉得自己被家庭束缚住了。他很爱玩游戏，刚结婚
的时候他还问过我，每个星期能不能有一天晚上不回来，
去跟小伙伴们通宵打游戏。我觉得真的不可思议。

　　青栀还说到他们的婚姻生活里，每个阶段都有不一样的矛盾，但核心都是孩子。最近两年他们也聊到了离婚的问题，但青栀没有信心在分开后自己带着孩子还能有更好的生活。

　　在整个矛盾的过程中，青栀不断开解自己。

青　栀：有时候我换一个角度想，孩子的到来不在计划之内，当时他并没有要打掉孩子的想法，也不知道有一个孩子会是什么样的状态。孩子出生之后，他才发现原来自己这么不喜欢孩子，但是一切已经这样了。从好的方面想，他愿意接受家庭的现状，并且这么多年也没有离开，他是负责任的，还做出了他的牺牲。

倪　萍：哪个第一次做父母的人是完全准备好了的？都是一见到自己的孩子，立马就转换为父母角色了。

　　但我也明白青栀的无奈，这样积极地想问题是好的。所以我劝她，首先看看有没有办法解决这个问题。因为如果按照目前的状态生活下去，他们弄不好真会离婚。

青　栀：我没有信心解决这个问题。因为我没有办法改变他在感情上的淡漠，他这个人就是这样，以自我为中心。他对我还稍微好一点，但就是不喜欢孩子。

倪　萍：挽回的办法不是说让他喜欢孩子，而是让他重新爱上你，就像当年你们结婚前那样。你可能觉得没有勇气和信心这样做，但是我觉得你应该试试。你先看看自己，是不是在有了孩子的这十一年里，对他的关心不够，或者给他的爱太少了。现在你可以尝试从孩子那里抽出一些时间，去唤醒他身上的爱，这个前提是先不要离婚，保住家庭。你要相信自己有这个能力。

让他重新爱上你是第一步，让他喜欢孩子是第二步。他因为爱你，就有可能喜欢这个孩子。你要是不走第一步，让他喜欢孩子可能很困难。男人有时候很容易温暖过来，你要主动做出选择。

青　柯：我是对他的性格没有信心，他好像不需要感情的交流和互动，不需要心里惦记着什么，他可以完全沉浸在自己的世界里。刚才您问我觉不觉得他爱我，他嘴上一直说爱，而且他也不太可能爱上别人。他曾经这么形容我们的感情：你要一条河，但是我的感情只有一滴水，我已经全都给了你。

我心里想，他要真这么说，你就该跟他离婚。因为照这样过下去，这一滴水很快就枯了，但我没有说出来。

倪　萍：他怎么可以这样说？那你当时是怎么想的？

青　栀：我想过离婚，只是觉得解决不了问题，也不能抚平伤痛。

倪　萍：你如果能放下他，你可以找一个有一条河的人啊！你才36
　　　　岁，在我眼里就是太阳刚升起的时候，如今你把自己弄到
　　　　黑夜里，吓得胡乱撞，不值当的。

　　　　你可以跟他说："一滴水不行，我太渴了，我要离开你。"
　　　　你要离开他的时候，如果他悔恨地转过身来拥抱着你，不
　　　　让你走，我觉得这是可救的。你先吓唬吓唬他，如果他说：
　　　　"你走就走吧，我也没办法。"那你就义无反顾地走吧，
　　　　孩子。

青　栀：坦白讲，目前在经济上我没有办法脱离他。

倪　萍：现在如果不考虑经济问题，你觉得你还爱他吗？

青　栀：我也很难回答。我觉得我们的关系好像因为在一起时间太
　　　　久了，有一种两棵树长到了一起的感觉。过了第十年的时
　　　　候，我明显地觉得我们有了一辈子的羁绊，有亲人的那种
　　　　感觉，不管怎么样，都在那里了。不再像我们刚谈恋爱时
　　　　那样，我觉得不合适就可以分了。

倪　萍：那你能不能劝慰自己，忍受这一滴水？先给他一些时间，

也给自己一些时间。

青 栀：我现在就是在忍受，没有办法那么洒脱。

每当我希望他给我点感情的时候，他会说我尽力，但真的很难改变。

倪 萍：你可以提具体要求，让他动起来。比如说"这个周末，你带我们两个人出去玩玩""明天你请我和儿子吃顿饭""我很久没买衣服了，明天你陪我去商店或者到网上给我买件新衣服"，就这样具体地提出要求。

也许他这样的人需要撬动，他请你们吃饭，你高高兴兴地化个妆，换好衣服，你们一起出去。路上你挽着他的手，让他觉得这也是一种挺好的生活。就这么一点一点地拽着他，让他走近你。

真爱其实不需要这样，但你家先生很被动，包括情感上的懒惰、麻木，你就得费点心思，这样他才有可能改变。

光说一句话，要一个承诺，然后第二天你还照样蓬头垢面地起来照顾你儿子，对他没有任何需求，这有什么用？你得给他努力的方向。

青 栀：我觉得这样的话，对我的要求是不是有点高？我有时候会想不通，为什么在婚姻里都是女人要主动去做改变，去考虑各种事情？

倪　萍：这还真不是男人、女人的问题，是你有愿望，他没有。第一，你不舍得让儿子跟着你遭罪。第二，你目前没有足够多的钱养活这个家。第三，是你不想打破现在这个局面，你没有勇气。这三项都是你的需求，所以你做出这些努力是为你自己。孩子，聪明点，不跟一个说法去较劲，每个人的情况都不一样，没有标准、固定的模板。

等有一天你挣钱多了，强大了，你儿子也不需要这个家来维持他的生活了，你就可以让他来主动地改变一切，你现在不是不能吗？

我始终觉得如果从人性的角度讲，这是他自己的老婆，自己的孩子，他怎么能不心疼呢？是不是你内心太强势了，没有示弱、妥协，让他觉得你不需要他，满眼都是儿子？你得让他觉得你需要他。

如果在这个过程中，他很反感你做的这一切，就让他做出一个选择。如果他要离婚，让他付儿子的抚养费。

真是到这份儿上，我觉得他也真的不值得你留恋。但我估计他不会，因为他不是那种很渣的男人，外面有乱七八糟的事。他像你说的能够忍受十多年，证明他还是很爱你们的，他可能就是挺不成熟的一个人。这哪儿像30多岁的人，听上去像20岁的人。

青　栀：对，我跟朋友说这些的时候，他们都说我养了两个儿子。

倪　萍：所以你要想办法，这个办法就是在他面前你会撒娇，也会
　　　　强硬。通过提这些具体的要求，慢慢地让他享受到家庭的
　　　　快乐。不然以你们现在这样的关系，这样的生活日复一日，
　　　　他慢慢也就没兴趣了，更委屈了你。你要争取，因为这是
　　　　你要的生活，你的选择，那就是要改变他。都说最好的婚
　　　　姻关系不是改变对方，也不是改变自己，是互相适应、包容、
　　　　习惯、尊重。

　　　　你们有过爱情，所以你要唤醒它，重新点燃你们的爱情，
　　　　用爱情去拥抱他。

　　　　你和他在一起的时候，别太成熟坚强。因为当了妈妈，你
　　　　可能觉得自己无所不能，其实不是，你内心还是一个小
　　　　女孩。

　　　　在一个家里，一个人说我迫切地需要爱，想要一条河那么
　　　　多，另一个人说我只有一滴水，这特别浑蛋。真的是太折
　　　　磨人了，太无视别人的情感了。哪怕装也该说"我努力"，
　　　　不能说我就一滴水。他就是碰上你这样一个善良的人。你
　　　　只跟自己纠结，也没有向对方要，你给他的路太宽松了。
　　　　与其索求爱的承诺，不如索求具体的生活，所以就像我刚
　　　　才说的，用具体要求去挤压他试试。

倪　萍：不论结果怎样，你努力过了，也就不纠结、不遗憾、不自
　　　　我折磨了，也能真正地放下他了。

2. 婚姻的退路是什么？

　　走进婚姻是为了幸福，但常常会遭遇痛苦，那婚姻到底有没
有退路？这条退路又是什么？青栀为此也很困惑。

青　栀：在婚姻里，不管发生什么矛盾，很多时候到最后就没有退
　　　　路了。两个人在一起不可能没有矛盾，好像在很多不可调
　　　　和的矛盾上除了忍耐和离婚，就没有别的选择了。
　　　　我给您举一个我们之间不太能调和的矛盾。因为在北京的
　　　　生活压力比较大，他建议我和孩子回他的老家海南去生活，
　　　　他自己留在北京工作。这个事情我就不能同意，因为两地
　　　　分居而且距离这么远。但是他很坚持，他觉得减轻生活的
　　　　压力比家人团聚更重要。
倪　萍：对，绝对不能同意。要是真觉得生活压力大，可以一起回
　　　　老家去工作生活，让他跟你一起回去，回去找一份普普通

通的工作，一家三口花费就少多了。

青　栀：您也认为不能分开是吧？

倪　萍：当然，根本就不能，这太不负责任了。你们都还这么年轻，他怎么就觉得老婆可以不在身边？这是什么男人，坚决不行。这种情况，我觉得你要努力地去争取他，竭尽全力地争取。最后的结果如果依然是这样的话，青栀，你就义无反顾地离婚吧，你爸妈也能帮你些的。

　　而且这个问题，不是不能走，是要走一起走。他一个人留在北京干吗？工作需要还是什么？人家都是想方设法从不同地方往一块儿聚，他倒想着分开。我觉得你真的要开始行动了。第一步就是努力地去温暖他，努力地去挤他身上的水，不是一滴，是很多。暂时不用管他爱不爱孩子，先努力恢复你们俩的关系，让他觉得要有责任感，要爱你，重新点燃你们的爱。

　　可能是你给他的爱太少了，他觉得你在不在身边都无所谓了，包括夫妻生活可能都特别少，你要努力去恢复，去唤醒。

青　栀：这方面我比较主动，他比较被动。因为我对感情的需求比较多，他真的是一个很冷漠的人。

倪　萍：你们结婚之前也这样吗？

青　栀：结婚之前不这样。他是一个木讷的理工男，他的价值观就
　　　　是非黑即白，他对人世间的这种感情，自己也搞不明白，
　　　　然后也尽量不去触碰。
　　　　其实我们俩关心的事情，包括兴趣爱好都相差很大的。在
　　　　恋爱的时候两个人都很热情，感觉不到这些差异，但是在
　　　　走进婚姻慢慢相处的过程里，就发现各个方面差异还是很
　　　　大的，很难找到共同点。

倪　萍：大部分女人遇到你这种情况会选择离婚。两个人兴趣爱好
　　　　都不一样，对方还那么无情地告诉你"我只有一滴水"。
　　　　青栀，儿子真的不是你的负担，是你的财富。

青　栀：对，我是这么觉得的。

倪　萍：你丈夫现在所做的一切，你选择能忍受就忍受。你是一个
　　　　感情丰富的人，你要一条河，他却说他只有一滴水。这种
　　　　伤害，什么女人能承受？你到底图他什么？没有感情，没
　　　　有温暖，没有责任心，没有亲情，剩下的是什么？

青　栀：可能我潜意识里的观念会对我有一定的影响，我们家族里
　　　　没有人离过婚，他们中有幸福的，也有不幸的。而且我妈
　　　　妈就这样忍了一辈子，我妈妈觉得就是要顾全大局，委曲
　　　　求全。
　　　　我父母还会帮他说话，会一起劝我，他们不觉得我很痛苦。

像我跟您聊过之后，您立刻就能体谅这种感情求而不得的痛苦，但是对很多长辈来说会觉得我很矫情。他们作为长辈首先就会问，他打你了吗？他外面有人了吗？这些因素都排除之后，他们就觉得那不就是你在矫情吗！他们会让我不要"作"。

倪　萍：哈哈，在婚姻方面，我真没有资格来评判你，我自己就一塌糊涂，但还是忍不住想劝你。

现在是你最好的时候，你身边都没有一个可以一起听听音乐的人，没有一个能在你特别渴的时候给你倒一杯茶的人。36岁的时候都没有，你能指望他70岁的时候会变成那样吗？而且这个前提是他身体健康，你也身体健康，不需要去医院治疗。所以，你为什么要过这样的日子？人真的没有后半辈子了？不能找个对你好的男人吗？

青　栀：我觉得没有那样的男人，也不相信会有那样的男人。

倪　萍：孩子，他破坏了你对爱情的信念，他有点不善良。

青　栀：他自己都觉得自己不善良，觉得自己好像从小时候起就没有太多的感情，是一个很淡漠的人。

倪　萍：这是自私吧！没有责任心，心智也不成熟。你内心这么苦，那你要清楚自己能不能忍受这个苦。如果能忍受，这也是一种活法，也有人没有感情照样活着，因为他不需要，觉得是负担。

倪　萍：只是你这么信任我，跟我说了这么多心里话，我就很心疼你。可惜了，你这么好的一个女人，为什么要这样活着？一定会有个很好的男人去爱你。就算不能相濡以沫，但至少是个能互相搀扶过日子的人，不让你在情感上觉得那么干渴，能共同抚养孩子。

但你现在的状况让我觉得他对你就是一种摧残，不仅摧残你，也摧残孩子。你要能够改变他，这是最好的一个方案，不能改变的话，你就要忍受第二方案。

青　栀：我有点进退不得的感觉。

倪　萍：青栀啊，你是个有知识的人，你应该知道所有的病都来自抑郁，内心的不快乐。你貌似有个家，但是在这里边没有任何温暖，你找不到生活的气息，更别说遇到大事，你相信他会挺身而出保护你和儿子，为你们挡风遮雨吗？

我很懂你现在进退两难的矛盾心情，所以我才出了这样的主意。你现在开始行动去努力挽救，挽救到极限的时候，你就会试探出来你矛不矛盾了。第二步是挽救孩子，孩子在这样的环境里他快乐吗？儿子得到过基本的父爱吗？

青　栀：没有，他跟孩子交流得很少。

倪　萍：这对孩子简直太不公平了，所以你先努力挽留吧。至少你心里没有那么多纠结了，然后就这样闭着眼往前过。因为他这样对待孩子、对待你，就算你能忍受，也得有一个说服自己的理由。如果你不能忍受，就要做出一个选择来了。你现在的生活，我觉得十个女人里边，有八个都忍受不了。他父母能左右得了他吗？

青栀：基本上不能。如果到了离婚那一步的话，我觉得双方的父母都是反对的。

倪萍：那你要跟双方老人真实地诉说你的理由，让他改变，让父母给他压力。你们现在这种一潭死水的状态，得搅动，搅出浪花来，你才知道在这水里面能不能活。

而且这样去搅动你们的关系，对你来说不会失去什么。如果说这么一闹，感情更冷淡了，那你也就铁了心了，对他不再埋怨或者怨恨，反而更能想开了。不然这样下去，我真担心你内心委屈死了。人吃得差点，穿得差点都没事，不快乐是对自己最大的伤害，你为什么要受这种伤害？你到底欠了他什么？你有什么地方对不起他吗？

青栀：我没有对不起他，有的时候我会想是不是我要的太多了，或者说让婚姻承载的太多了。作为一个丈夫他不家暴，又说他爱你，外面没有人，又承担了家里的经济开销，他不已经是个完人了吗？如果我换一个人，他可能对孩子好，

或者说够温柔够体贴，他却有别的让人难以忍受的一些问
题，是不是这样？

倪　萍：如果你要能这么看，我觉得你还是能够忍受下去，那也是
一个活法。你说他还是顾家的，也没家暴，外头也没有人，
你有这样的想法对你来说是正常的，因为你自己的感受是
最深的。但如果换作别的女人，她可能一天都待不下去。
因为每个人的生活目标不一样，人的本性是宁肯站着死也
不能跪着生，哪怕一个人走街串巷没有房子住，也不能忍
受一个人虽然不打不骂，但是无视你。

如果丈夫对自己的妻子不能给予情感，他当这个丈夫干什
么？当然，婚姻里的退路不一定是离婚，而是要爱自己。
你好好爱自己，照顾好儿子，这个男人目前不值得你为他
守候什么。

青　栀：您觉得感情可以修复吗？吵过那么多架，或者说都伤害过
对方，有一些事情很难磨灭掉。这种情况两个人还能重新
开始吗？

　　看来她还是不想放弃她先生，也许她还爱着他？不知道，也
挺不理解的，只是觉得这样的日子太苦了。

倪　萍：你这么想，不能也要想办法，因为你的前提是不想离婚，
　　　　也不想让孩子失去这个家庭，那就能。

　　我果断地给了青栀一个肯定的答案，并不是为了安慰她，而是因为既然做出了选择，一定是因为这个选择会有成功的可能，否则也就不能称之为选择。坚定信念，也更容易取得好的结果。

　　分别的时候，我心疼地抱了抱青栀，不断地鼓励她要有一些行动，改变现状，解救自己。不然，我真的特别担心这孩子会生病。

　　这么漂亮、这么好的一个姑娘，可她的丈夫对她不公平。他有什么资格对她这样？每个人的性格不一样，对感情的体会也不一样，选择自然也就不同。不管青栀最后做出什么选择，我由衷地希望她能幸福，至少要让自己心里活得宽松。

人生问答题

如果走入婚姻后你才发现那个承诺守护你一生的人并不是你理想的选择，你要怎么办？

A. 都已经结婚了，甚至已经有孩子了，那就委曲求全吧。

B. 无论如何都要爱自己，听从内心的选择，试图改善关系，若无效则果断离开。

后来的我们

看到文稿后我跟编辑老师打趣说，好像在看别人的故事。我想这也是我参与《聊聊》这本书最大的收获，跳出自我用一个旁观者的视角去审视自己的遭遇。交流中倪萍老师多次给我提出一针见血的建议，深刻而清晰，终结了我长久以来通过自我安慰去逃避现实的做法，这种清醒一直保持至今。那次交谈后我又经历了一些事情和变故，但我时时提醒自己直面现实，独立决策并为自己的选择负责。我相信 2023 年是一个新的开始，感谢《聊聊》。

——青栀

活好当下，就是坚定地走在实现理想的大道上

	昵称：婷婷
	年龄：35 岁
	婚育：已婚已育
来访人小档案	职业：营销总监

　　婷婷是个很有魅力的姑娘，不说话你也能感受到她身上的知性美。她现在 35 岁，事业稳定，生活富足，有知心的丈夫，有可爱的孩子。可能在大多数人眼里，一个女人完美的状态也不过如此。

　　她也会有烦恼吗？当然有，因为像她这样的女性，有理想，有追求。有些东西磕碰到现实的时候，就一定会有痛处。

1. 焦虑起来，就什么都乱了

婷　婷：倪萍老师，我想跟您沟通一些想法，感觉有点难以捋清楚。

倪　萍：捋不清才是真实的日子，没事，咱们一起试着捋捋看。

　　等我说完，婷婷就开始向我娓娓道来，我也很快地被拉入了她的生活和思想里。

婷　婷：我在很小的时候就会去规划或者计划很多关于未来的事，
　　　　比如说以后想学什么专业，想找一个什么样的爱人，从事
　　　　一份什么样的职业。我现在35岁了，学业完成了，工作
　　　　也走上正轨了，家庭也有了，孩子也有了。到了这个时候，
　　　　其实别人会觉得你的一切都安排得还挺不错，但是每到夜
　　　　晚，我就会忍不住叩问自己的内心，自己的人生理想实现
　　　　了吗？
　　　　尤其是去年和今年，我会觉得自己的人生到了一个重要的
　　　　转折期。因为之前我是有目标的，而我从小到大被灌输的
　　　　教育理念，或者是爸爸、妈妈给的人生指引，都只是到结
　　　　婚生子这一步，可这些都完成之后，我会忍不住去想，还

能不能在烦琐的日常生活之外去找回自己的初心或者去实现理想呢?

倪　萍：你对自己的现状不满意是吗?

婷　婷：略有不满意。

倪　萍：你是做什么工作的?

婷　婷：我现在是做媒体工作的。小的时候,我一直渴望长大后能做一份很有价值感的工作,比如说做一个老师,可以去给孩子们传播知识,能获得那种真正的价值感,或者是从医、做记者等。总之,小时候我心中有很多伟大崇高的理想,但是真正到了生活中,到了职场中,会发现现实的一切跟小时候的想法都不一样。现实里的一切都太细碎了,有的时候甚至有一些不堪,总会为了生活去掩盖自己真正的想法和意愿。

我是一个会经常自省、叩问自己内心的人,有的时候就觉得这种不满一直排遣不出去。我觉得自己应该过一种理想的人生。

有时候我甚至觉得自己应该生活在 20 世纪 80 年代,因为我爱好文学,很喜欢与文学艺术相关的东西。可是现在整个媒体的环境,包括文学艺术的现状,都会让我觉得不是那么纯粹,一切都被流量、利益裹挟着,这些东西我都很不喜欢。

婷　婷：有的时候我通过读书了解过去那个年代的人，虽然他们在物质上会有些匮乏，但是他们的精神好像一直在追求那些很棒的东西，这让我很向往。

听婷婷说了这些之后，我就判断她是一个善于思考且很有思想的人，所以她才会有这种痛苦。

倪　萍：婷婷，你要是反过来看自己，倒是一个有别样幸福的人。不满意现在的自己，寻找更加理想的光，一直去探索人生出路的人是最不白活的人，终有一天你会有惊喜——一直走在路上的女人会一直美丽。
　　　　你在媒体行业具体做什么工作？

婷　婷：主要就是做一些宣传，写宣传稿，然后跟一些达人去联合推广，大概就是做这些事情。

倪　萍：如果你现在不做这些工作，你最想做什么？

婷　婷：我想写作。

倪　萍：但你觉得马上去写作又没法生活，至少会没钱，对吧？

婷　婷：对，我现在有家庭，孩子要上学，我觉得这一切压力都交给她爸爸不是很公平。因为写作的话肯定是需要一些时间去磨砺和沉淀的，所以我觉得一时间很难去开启这种想要的生活。

倪 萍：我不知道这样说会不会让你觉得有点"站着说话不腰疼"，其实你不应该觉得你现在这个工作特别鸡肋，特别影响你写作。写作跟生活和阅历都有特别大的关系，你对社会了解得越深刻，写出来的东西可能越好。你说在这些现实的裹挟中让你很痛苦，但我恰恰觉得这将来可能是你写作时特别好的素材。

我们再往大了看，整个社会我就没听说过谁是过得完全满意的。你看我们国家从改革开放到现在，40多年了，我们的经济确实发展得很快，但是也有人说思想文化没有发展反而倒退了。其实我觉得不是这样，换一个角度说，是价值观不同了，时代不同了。

现在呢，我们的物质生活水平不知道翻了多少倍，可幸福指数却没有跟着翻倍，这是我们每个人都应该反思的一个问题。

我很欣赏你这样的人，也相信将来你能写出好的作品。在社会当中摸爬滚打，想要的、不想要的生活你都经历过，这都是你将来写东西的宝贵资料。好期待呀，将来我一定会读到一本女作家婷婷写的小说。

倪　萍：你现在最好还是不要直接放下工作专职写作，现在专职写
作你不一定能写出来好东西，因为你马上就有压力了，甚
至最后又可能会为了一些现实的原因妥协。你得在没有压
力的前提下，没有出版社的约定，没有任何人的要求，内
心自然生长出愿望，才能写出真正打动人的作品。

　　　　你现在得衡量很多现实问题，你孩子多大？

婷　婷：快6岁了。

倪　萍：对，你现在放下孩子是不太可能的，孩子马上就要上小
学了，会花费你很多的精力。

婷　婷：其实我现在还是挺难的，因为我们家老人都不适应北京的
生活，他们都不愿意在北京带孩子，所以我们家孩子从3
岁开始就是我跟她爸爸两个人在照顾。而她爸爸工作又离
家稍微远一些，所以接送孩子、照顾孩子这些事情都是我
一个人来承担，有的时候我能在晚上孩子睡觉之后看看书
就已经不错了。每天都有很多琐碎的家务，有时候回家可
能也要处理一些工作，只有等孩子睡了，一切都静下来的
时候，我才能够有一点点的时间去思考自己的状态。

倪　萍：哈哈！婷婷，这又让你赚到了！你将来就会知道孩子由你
们亲自带的好处。

婷　婷：真的吗？希望我能早日体会到。我觉得我到了35岁之后，

好像所有的事情都是一个问题，就是知易行难。

倪　萍：你现在别难为自己了，写作这个职业是不限年龄的。如果
　　　　你要去做演员，你确实不能再等了，等着孩子大了再去做，
　　　　那的确很难了。因为做演员有时候对形象是有要求的，但
　　　　写作没有。

　　　　婷婷，相信我，你眼前这些琐碎的生活，艰难的日子，很
　　　　可能会让你写出好东西来。到了某个节点的时候，你积攒
　　　　的生活经验爆发了，你的理想就可能实现了。

　　　　我所体会的人生是这样的：先判断我生活中有几个困惑，
　　　　把各种现状拎出来比一比，再去权衡和选择。我的钱不够，
　　　　我不工作不行，那就不用考虑了，必须工作。我能放弃女
　　　　儿成长过程中的陪伴吗？不能，那就不要死磕。工作和生
　　　　活一起抓，拿出时间来给女儿。在你意识到没有选择的时
　　　　候，一定要诚实地告诉自己这是必须去接受的，而且要积
　　　　极地去接受。

　　　　也就是说，放下一些可以放下的事。其他不可选择的，也
　　　　千万别再焦虑，别总想着必须怎样，生活的必须也可以变
　　　　成不必须。你已经足够优秀了，你不是浮于表面的女孩，
　　　　你是一个有思想有智慧的女孩。你读的书越多，写出的东
　　　　西可能越好。而且读书对于你这样的人来说，是特别好的

解脱方式，会对你有特别大的帮助。

倪　萍：想做得比别人好的人，心中有梦想的人，生活自然是不能
　　　　轻松的，不然怎么叫奋斗呢？

　　　　别焦虑，一焦虑生活就乱了。你可能会觉得孩子需要我，
　　　　丈夫需要我，家里需要我，工作也需要我，我得多挣钱。
　　　　可如果这样，最后你就没有自己了。

婷　婷：我跟您说一个自己的经历。我没有上过高中，我那时候上
　　　　的是师范学校，当时我成绩很好，老师就说你不要蹉跎人
　　　　生了，还是去考个大学，然后我就从师范学校考到北京上
　　　　大学、读研究生。我原来师范学校的同学现在有不少人都
　　　　在学校里当老师，我觉得他们这种教育学生的工作，让我
　　　　很羡慕。

　　　　可大城市里的很多工作就很怪，工作内容并不是那种真正
　　　　有意义的事情，我觉得收获的价值感很少。尤其是这两年
　　　　各种直播带货，各种流量，都得去关注，好像没有办法去
　　　　做一些真正对一个人或者一个东西有影响的事情，我觉得
　　　　自己总是被这种莫名其妙的价值观所困扰。

　　　　有的时候我痛心疾首地跟我老公说，你知道吗，我现在真
　　　　的是为了一份工资在工作！我老公说，天底下谁不是呢！
　　　　但我觉得其实有很多人不是，他们是真的找到了自己热爱

的东西。我就想，我怎么就没有那么幸运呢？

倪　萍：婷婷，你真是个可爱的好孩子。我喜欢有理想的人，不随
便过一生。

说实在的，对自己的工作不是那么喜欢，还要干下去，确
实是一件特别痛苦的事。你要问问你自己，你肯放下现
在的一切，去一个小城市像你同学一样去教书吗？不可
能吧？

婷　婷：嗯，不太现实。

倪　萍：我能理解，你的痛苦在于你老觉得自己像在梦里跑步跑不
动一样。

你如果一定要马上去写作，真的不一定能写出什么好作品
来，因为你才刚刚开始咀嚼生活，还没有咂摸出味儿来。

在别人看来，你拥有一个很圆满的家庭，孩子、丈夫、工
作都很好，只是你内心不满意。

我今天特别高兴能遇到你。不少女孩到了35岁就开始麻
木了，原来的追求都放下了，特别可惜。有些辛苦是不知
足的辛苦，这个"不知足"在我这里是赞美。理想不是用
来困住自己的，是用来追求和实现的。但你一不小心用理
想把自己捆得那么紧，那么焦虑，束手束脚的还怎么去追
求？你放开了内心深处的这种自我束缚，就能真正走上追

求理想的路了。

倪　萍：就算不能全职写作，也可以用碎片化的时间去写作，用陪
　　　　伴孩子、打扫卫生、做饭的时间去思考，不一定要有作家
　　　　那样的仪式感，脑子里只要有东西，就顺手把它写下来。

2. 当了父母更要学会调整好自己

　　同为母亲，我们也不由得聊起了孩子的话题。我发现很多妈
妈在教育孩子的时候，都在快乐的童年和努力学习之间纠结，婷
婷也不例外。

婷　婷：我女儿快要上小学了，现在年轻的妈妈们都很"卷"孩子，
　　　　不断地"鸡"娃您知道吗？

倪　萍：当然知道了。虽然我的孩子大了，但现在社会上像你说的
　　　　这种情况太常见了。

婷　婷：我很希望她能够有一个快乐的童年，但是又听说很多妈妈
　　　　已经把六七岁的孩子培养得很优秀了，有的时候也蛮担心
　　　　自己的孩子是不是从小就开始落后了。像我们才来北京安

家的人，我忍不住担心，万一她连高中都考不上，难道要回去种地吗？所以可能是受到妈妈圈的影响，还是会多为孩子做一些规划。

倪　萍：我的观点是，不能绝对地"卷"学习，也不能绝对地"躺平"玩，学习和玩这两者我是希望能兼顾的。有人觉得不可能，但其实这就是一个如何拿捏"度"的问题。不能把孩子逼到只剩下学习了，这样的孩子性格可能会不健全，特别是女孩，尤其要有一个好的性格。要让孩子从小就增长见识，故宫、长城去过，游乐场也玩过，学习上也不能逼孩子一定要考多少分，一定要考上什么学校。

归根结底还是要看孩子自身。如果是一个在学习上特别有"天赋"的孩子，我个人建议可以"卷"一"卷"。可是"卷"孩子的学习确实太痛苦了，可能将来也无法适应这个社会。

如果不想放养，那你就需要额外费点时间给他补习一些功课，不然学习跟不上，将来要付出更大的代价。

如果孩子愿意学习，只是还没养成学习的习惯，这时候家长可以帮他一把，让他受一点罪，别不舍得。我们小时候学的东西，现在想想都没有白学，记忆最深刻的都是小时候学的。

很多家长觉得孩子单纯吃喝玩乐好像很快乐，不完全是。

今天考试他得了第一名，明天收到老师奖励的一朵小红花，你以为孩子不快乐吗？他也是快乐的。你天天让他放学回家就吃冰激凌喝可乐，他那种快乐是短暂的，不可持续的。

倪　萍：我认为家长特别值得花时间帮助孩子养成一个好的学习习惯。一个人的自律和所有的品德，都是小时候养成的习惯。我们习惯了尊重别人，习惯了看着别人的眼睛说话，这都是小时候养成的。

我觉得要引导孩子有足够的善良，足够的正义，足够的明辨是非的能力，足够的包容，足够的坚强，足够的自律……拥有这些，孩子在学习上肯定就不会太差。

婷　婷：对，我觉得我犯错了，因为我好像有点太放纵孩子了。

倪　萍：有的时候我们觉得童年就要快乐。聪明的家长得学会利用这个快乐给他拎出一点向上的东西，这个快乐才会有价值。如果无休止地放纵孩子，一些耍赖、骄横，或者是散漫、自私、不自律的缺点就会随之而来，将来孩子长成一个不受社会欢迎的人，父母是要负绝对责任的，你同意吗？

一棵小树苗在生长过程中，园艺师稍作修剪的时候肯定会有一点痛，有一点失去，但这会是一棵很完整、很挺拔的树。

另外，我觉得学习是一生的事。如果他不是很费劲，也没有特别痛苦地"卷"就能上清华，那这是一个很好的选择。

倪　萍：如果说他拿命来"卷"还不一定能上清华，我们就降低一
　　　　点标准，让他舒舒服服地考一个普通大学。读大学以后孩
　　　　子自己就懂事了，我们可以鼓励他去读硕士甚至是博士。
　　　　他步入社会，也能找一个非常好的工作。这是因为你从小
　　　　把他的品性培养得很好，人品培养得很好，他就一定会有
　　　　一个好的人生。
　　　　很多做父母的在教育孩子的时候，把目光都聚集在孩子身
　　　　上，却常常忽略了一件重要的事，就是调整自己。生命是
　　　　动态的，成年人也需要不断学习、调整、成长。
　　　　你也要把握好自己，别陷入痛苦当中。作为妈妈你没有一
　　　　个好状态，孩子也不可能好。你在家里即使对孩子态度很
　　　　好，他也能看出你的焦虑、烦躁，孩子远比我们想象的
　　　　聪明。
　　　　要我客观地看，你真不应该不满意，因为你的梦想是到 80
　　　　岁都可以实现的，到 80 岁你还有多少年？还有将近 50 年，
　　　　你有大把的时间。

婷　婷：我现在就是觉得每一天都在做着不是很有意义的事情。

倪　萍：你觉得工作没有意义，你可以想办法给自己降低标准，不
　　　　必事事追求完美。

婷　婷：哈哈，可能因为我是处女座，有强迫症，我连家里一天不

拖地都受不了，所以就会把自己弄得很累。

倪　萍：我年轻的时候也是这样，人家撰稿人写的稿子，我一定要重新改一遍，换成我认为好的语言。我们的撰稿人都是阎肃老师这种大师级别的人，人家一看就知道"你又给我改了"。还有像曹勇这样的撰稿人，他们都是写《红梅赞》《我们是黄河泰山》这种歌词的作家，我都把人家的稿子给改了。现在想想都会笑话自己，多么自以为是啊！

结果是什么？是搞得自己特别累，累就显得比别人老，比别人焦虑。后来我就去慢慢地调整，放下一些不必要的工作和压力，逐渐地松解自己。

你也一样，你自己放松了，和家人一起轻盈地往前走，一起成长进步，这才是最棒的状态。

3. 培养孩子，有温度也要有尺度

婷　婷：我可能有一点惯着我女儿了。另外，我太想要她的天性不被压制了。

倪　萍：这个分寸真的挺难掌握的，很多家长说"我不想让孩子没有童年"。我们都是经历过童年的人，可不是非得上房揭瓦才叫童年。

婷　婷：是啊，我小时候淘气，我妈都是抄着扫帚追我从楼上打到楼下，但是我现在孝顺得要命。可我自己对我女儿，真的是掏心掏肺地去惯着她。

倪　萍：越惯孩子，他可能离你会越远，相反很多小时候被爸爸、妈妈打过的孩子还挺孝顺、懂事、上进，你从中可以悟出一点道理来。我们对孩子不是非得打，但是孩子在成长的过程中你一点阻力没给，这个孩子就会被放纵得没边儿了。

婷　婷：嗯，还是要有节制地爱。

可能之前我的教育方式比较随性，但其实您说得对，还是要在一个框架之内。

倪　萍：现在的孩子不知道哪个对哪个错，所有的东西只要结果，而我们那个时代是要享受过程的。

最后婷婷走的时候，我并未多说，我相信她会调整好。智慧的婷婷！

人生问答题

如果你的生活处于一种看似安稳美满的状态，却偏离了心中的理想，你会怎样选择？

A. 放弃安稳，为了理想的目标奋斗，活出自己渴望的价值。

B. 不断调整，在保障安稳的前提下，趋近理想。

后来的我们

　　由于一些原因，我们没能联系上婷婷。听说她离开

了之前的公司，开始了崭新的生活。

　　只要走出去，就能遇见更多美好的事物。

　　祝福婷婷！

第二章

我们内心的冲突

工作的意义除了赚钱还有什么？

	昵称：优优
	年龄：保密
	婚育：未婚未育
来访人小档案	职业：童书编辑

　　优优是一个让人耳目一新的女孩子，她的整个气场都是温柔的，温柔得像春天的风，夏天的雾。她穿了一条素色的长裙，瘦瘦的，高高的，挺拔且有力量。

1. 父母反对的工作，要不要坚持？

优　优：倪老师好，我是优优，单身，在北京一家图书公司做童书
　　　　编辑，从大学毕业到现在一直从事这个工作。我非常热爱
　　　　我的工作。我的工作目前没有多高的收入，在北京仅够租
　　　　房和日常所需，所以父母不太支持，他们希望我回家考公
　　　　务员或者当教师。为了让我回家，有时候他们会说当初就
　　　　不该让我上大学，这样我就可以一直待在他们身边。这种
　　　　话挺伤人的，所以我很烦恼。

　　　　望着清纯的优优，我突然觉得年轻真好，久违的感觉。这样
的孩子，我喜欢。

倪　萍：你很孝顺啊！家里就你一个孩子吗？
优　优：我有个弟弟，但弟弟也没在父母身边。所以每次跟父母进
　　　　行沟通的时候我都会纠结，到底还要不要坚持自己？
倪　萍：我支持你，因为你在提到你的工作时眼睛会发亮，找到一
　　　　份自己喜欢的工作在我看来和找到合适的爱人同样珍贵，
　　　　给孩子策划图书的工作多有意义啊！

倪　萍：首先你得喜欢孩子，还要带着强烈的使命感去策划每一个
　　　　选题，身体力行地和每一位作者一起努力发挥"真善美"
　　　　"正义""包容"的力量，让孩子们在故事中感受这个世
　　　　界的美好。可能等孩子们长大以后，会发现自己生活的世
　　　　界并不像故事书里描述得那么美好，但这些美好已经深入
　　　　他们的骨髓，当有一天他们在面对世界阴暗面时，可以很
　　　　好地走出困境。这是一份相当高尚又有价值的工作。
　　　　而且金钱在任何时候都不应该作为衡量职业价值的唯一标
　　　　准，这点你已经做得让我相当吃惊了。我觉得你跟你爸妈
　　　　之间矛盾的症结不一定是工作本身，而是目前你单身的这
　　　　个状态。你要是能在北京给你爸妈找个女婿，建立一个小
　　　　家，他们每年也可以来你这儿小住，我估计他们立刻就能
　　　　放过你了。他们是心疼你一个人在外打拼。

优　优：也没有这么严重啦。我父母还是挺心疼我的，他们当然希
　　　　望我结婚，但是硬逼着我出去漫无目地找也不行啊！所
　　　　以就希望我能回家，这样方便他们给我介绍对象。

倪　萍：以我对你的直观感受，我觉得你要真想找男朋友的话应该
　　　　很容易找到吧，你的长相和性格都是大部分男孩子喜欢的
　　　　类型，我觉得你应该把精力腾出来点儿，把找对象这个事
　　　　情当成一个阶段性目标去完成。你完全可以做一个很好的

妻子和母亲。

优　优：可能吧，我是真的特别特别喜欢小朋友。家里亲戚的孩子都跟我比较亲近，但是我看到他们成长过程中的一些问题又会有一些失望。不同的环境下长大的小朋友真的会有很大差别。我其实也不知道自己为什么会有这莫名其妙的责任感和恐惧感，我会问自己为什么没办法让他们变得更好？我做的书为什么没能让孩子们接受或者进步？所以我对结婚生子还是有点害怕的。

倪　萍：明白，理解！那些妇产科里的医生们见过各种生来病弱的新生儿，难道他们都不生孩子吗？你这是还没有爱上一个人。可能也是没办法，这个社会的女性都太独立了，独立到不依靠任何人也可以活得很好。你就属于这种，也有可能是被感情伤过的后遗症。

优　优：两种情况都有吧！我之前喜欢过一个人，喜欢了七八年，但没有结果，后面就对感情的事情不太相信了。我觉得在工作上我能获得的成就感，能完成的一个个小目标，会比处理感情要容易得多。

倪　萍：哈哈，我猜对了！七八年了，确实会很受伤。过去我们老说"一朝被蛇咬，十年怕井绳"，说的就是你这种情况了。现在的社会生存环境越来越复杂，不可预知的事情也比较

多，疫情啊，地震啊，火山爆发啊，战争啊等等，像你这
样看起来偏传统一些的女孩子，未来生活中能有一个相互
搀扶相互温暖的人还是挺重要的。

倪　萍：你的父母不会永远陪着你，你更不能因为一次失败的感情
经历就对爱情失去信心。遇上对的人很难，但是每时每刻
也都有爱情奇迹在发生，有一个人去喜欢，去珍惜，去爱护，
是很幸福的体验，你还是得积极点啊！

2.如何处理与父母的矛盾？

我像个什么都明白的人一样，先把大道理给她说了一通。实
际上我能理解优优这样的孩子，内心是极其高洁的，安静且独立，
精神需求远远超越了物质需求，怎么可能随便就找到她的感情归
宿呢？但我还是想劝劝她，要知道年轻总会成为过去，成为不再
有的东西。

优　优：对，我对感情的事过于随缘，所以我爸妈就对我的工作更
有看法。他们觉得我是因为工作过于投入导致没时间去谈

恋爱，从而对我的工作百般挑剔。其实跟与我同龄的亲戚家的孩子们比起来，我的工作既不够体面收入又不高，让我挺自卑的。小时候我爸妈给了我一个比较好的生活环境，对我也是百依百顺，长大了我希望可以好好孝顺他们。我觉得不回家没让他们顺心是我不孝顺，这个事情会让我有很强烈的愧疚感。

倪　萍：愧疚是因为你是个好孩子。如果你觉得自己的工作是有价值的，就不要在意别人会如何看待，因为自己真正认可的价值观并不会因为别人的看法而改变。至于你和父母之间的分歧，你可以换一种方式去沟通，有些你不好意思说的话或者当面说不透的话，可以写一封信。孩子跟父母之间的隔阂，看似就一张纸，其实要使劲捅一捅才能破。

不孝顺这个事情也不能一概而论，你已经算是孝顺的孩子了，很在乎父母的感受，也知道感恩。大部分人和自己父母之间的矛盾不是"孝顺"的问题，而是"理解"的问题。我们长大了，有了自己的想法和做事方法是件好事。我们的所学所想所经历的事很多是父母没有经历过的，所以他们有的时候无法理解我们所遇到的困难和不如意，当然有的时候也体会不到我们心中的快乐。像你这种情况，大事小事上与父母都有着认知上的差别，真的需要通过写信让父母知道，在你心里目前的工作是件多么有意义的事，这种意义和喜欢可以给你带来什么样的幸福感。而父母为你选择的未来是你无法苟同的，所以即使选了也会痛苦一辈子。

倪　萍：当然了，你也可以在信中说如果他们一定要你回家，你会照办，但是这违背了你的本心，总有一天梦想还会卷土重来。你在信里越弱势，你父母被你打动的可能性就越大。父母都是爱孩子的，只要我们同样以爱的方式对待父母，沟通的障碍就会大大减少。写信比当面说好。沟通的基础是双方都有爱，但当面说这种沟通方式常常会出现以爱的名义随时打断对方话语的情况，对方的想法还没表达完整就可能遭到断然拒绝。一旦双方争吵起来了，爱就容易变形，容易彼此伤害，你说呢？

优优点了点头。
我们俩相视而笑。

优　优：我好多年没写信了。

倪　萍：如果有这样一封信放在我面前，身为母亲的我肯定会特别感动。我相信你的父母看到这封信也会如此。在咱们中国，父母和孩子之间的"斗争"，只要孩子坚持，最后赢的基本都是孩子，伤的也基本都是父母。只不过这种赢付出的代价太大了，它不像与同事、朋友相处，观点不一样就远离呗。可父母与孩子呢？这根血缘串起的线一辈子都不会凉，即使外面凉，内在也永远是热的，直到父母离去。但是留在你内心的是什么？永远的痛！

3. 人生要想抵达一个亮点，需要穿越无数的至暗时刻

倪　萍：每个人的选择之所以不同，是因为每个人的人生目标和爱好本来就是不一样的。按照大部分人的眼光，做着一份很辛苦，很出力，挣钱又不多的工作，是低价值的，不值得坚持做下去，但不是每个人的目标都是穿名牌、住别墅、开豪车。

人的目标也可以很简单，只想从事一份喜欢的工作，甘于这种生活状态也是种福气。穿的虽然是普普通通的衣服，但它是干净得体的；吃的虽然是普普通通的家常饭，但它是温暖健康的。这也很好啊！你这样的人生态度是很多成

功人士喜欢甚至是羡慕的。优优，你的简单，你的从容，
让我敬佩。

优　优：我犹豫还有一个原因是基于我对自己能力的判断，我对我
做的书期待很高，但是达到目标的却寥寥无几，而且工作
中我常常会遇到一些难以解决的困难。我觉得自己资质平
庸，现在光凭着一腔热情就去做了，将来可能会一事无成。

倪　萍：什么是成功，什么是不成功？你足够热爱自己的工作，你
有很高的追求，是一个难得的好编辑。别看你说自己平庸，
其实你挺欣赏自己的。你在工作中也有别人体会不到的快
乐，不然你靠什么在坚持？

每个人都会面临职场困境，大大小小的难题都是一个接着
一个扑过来。人生就是这样，正视困难，勇敢面对它。

人生要想抵达一个亮点，往往需要穿越无数的至暗时刻。

你在书堆里工作，多好啊！职场的问题也可以通过多读书
来解决。职业发展就像登山，很难直奔山顶而去，免不了
要经历迂回。这些迂回的路，看上去是困境，但其实是逼
着我们去努力地积蓄登峰的力量。多读书，你应对各种困
难的能力从量变到质变往往只在一个瞬间。

还记得我刚加入中央电视台的时候，因为之前从未有过主
持相关经验，也非科班出身，是非常茫然的。而让我能在

这个行业一步步走下去直至走到今天的，是一个教会我没事多读书的人，我一生都会感激他。

倪　萍：大学毕业后我被分到了山东话剧院，我们的院长叫翟建平。女孩子在那个年龄，正是喜欢涂脂抹粉整天照镜子打扮自己的时候，翟院长却对我们说："你们谁能一个礼拜读完一本书，谁就是最漂亮的那个人。"那时我们国家刚刚开放图书市场，我读了很多第一批解禁的世界名著，如《安娜·卡列尼娜》《简·爱》之类的书，还有很多像战地记者法拉奇、画家凡·高等的人物传记，直到今天我画的画也离不开凡·高带给我的精神力量。我一直想做那个漂亮的人。

如果从功利的角度看，这些书和主持人这个职业并没什么直接联系，因为没有一本书是教我怎么做好主持人的。但是回过头去看，所有读过的书都为我做主持人供给了精神的养料和临场发挥的素材。

主持人这个职业是没有天花板的，知识补给永远不够。你肚子里有一缸水，在台上才能自如地给观众倒一杯水。如果当初我早明白这个道理，我会阅读更多的书，可惜晚了。

职业千千万万，读书却是通用的方式，会让我们在职场乃至整个人生中都受用。

也许我这些老掉牙的话对优优起了点作用，她说下周会把给父母的信写好寄走。

一个难得的好女孩，这是我对优优的全部评价，我喜欢这样的年轻人。

优优，你在编书，也喜欢读书，摘一段罗翔老师在北大一次哲学课上说的话，给我们一点力量：

"为什么要读书呢？我们因为无知而去阅读，而我们越阅读，我们越承认自己是无知的。你越阅读，你越站在人类知识的巅峰，望尽天涯路你才会发现，你是如此地渺小。"

优优你看，你编辑童书多有意义啊！坚持！

人生问答题

如果你正做着一份赚不了太多钱，但自己很喜欢的工作，而家人始终不支持，你要怎么做？

A. 坚持自己的选择，把自己的工作做专、做精。

B. 另寻工作机会，尽量找一份更体面，或者更赚钱的工作。

后来的我们

和倪萍老师沟通后，我找到了父母关注我的"角度"，他们的催婚和对我工作稳定性的质疑，归根结底都是他们对我是否能平顺幸福过一生的忧虑的世俗投射。爱之深，忧之切。我用了一段时间从极度渴望被他们理解和认同的状态中脱离，尽管我们依然不会那么深入和恳切地聊我的工作，但我工作至今所有的作品都被我爸妈好好收藏着，我偶尔听几句他们的牢骚，真的不算什么。

时至今日，我依然时不时会因为各种现实问题，羞愧自己不能赚大钱给父母丰厚的物质条件。而我爸妈为了能离我和弟弟近一些，选择到他们不太喜欢的城市定居。

我这一生好像都会亏欠父母许多，而我爸爸只是云淡风轻地说："这样周末都能回家了。"

写这段内容的时候，我正在看一本帮助儿童关照自己的情绪、学会正确分享情绪的绘本，依然会有惊艳和"如果让更多孩子看到这本书就太棒了"的愉悦感。这份在童书中感受到的满足和憧憬，会一直陪伴我前行。

虽然时常是"你有你的计划，世界另有计划"的状态，但一定有一些事是你觉得自己要去做的。

——优优

在人生的迷茫时刻，谁能给你内心的安稳？

来访人小档案	昵称：珍妮
	年龄：30+
	婚育：未婚未育
	职业：策划经理

　　珍妮刚见到我的时候有点不安，她胖嘟嘟的，皮肤很白，眼睛很大，说话语速稍稍有些快。在她身上，你能看到一个有梦想的女孩的坚毅与野心，也能看到自我和现实冲撞后的脆弱与反复选择的迷茫。我看着她一直在想，这姑娘要是瘦下来该多好看啊！

1. 选专业该不该听父母的话？

珍　妮：我觉得自己一直是个挺务虚的人。上大学听从父母的建议
　　　　选了一个好就业的热门专业，可开学没多久就对自己的专
　　　　业不太满意，只是那个时候年纪小，不知道自己想要什么。
　　　　因为不喜欢，大学快毕业的时候完全没考虑去找跟专业相
　　　　关的工作，就想出国留学。当时我和母亲沟通说，要不先
　　　　在国内工作再考虑自己选择什么专业。父母虽然同意供我
　　　　出国留学，但不建议我换专业，所以我最终妥协用原专业
　　　　申请出国留学。我学了半年以后实在不开心，就自己申请
　　　　换专业，换专业需要学习语言，结果上了一年语言课换专
　　　　业的事还遥遥无期，就选择了回国。

倪　萍：你父母很宠你吧？一个大学就这么折腾了好几年。

珍妮突然脸红了，没点头也没摇头。

珍　妮：怎么说呢？我感觉从那个时候开始，我父母就特别不信任
　　　　我了。我爸是公务员，我妈是一个企业的总经理，我们家
　　　　在当地算是条件不错的。所以他们觉得我被惯坏了，是乱

花家里钱的那种纨绔子弟。

倪　萍：哈哈，我也觉得你父母太惯着你了。

珍　妮：我爸妈都是那种特别传统特别稳重的人，但是不知道为什么我的性格就有点跳脱，从国外回来以后父母看我待在家里没事就建议我去考税务局的公务员。他们觉得公务员的工作是铁饭碗，税务局在公务员体系里也算是好单位。我闲着也是闲着就考了，考上以后我没去那儿工作，我根本就不喜欢那样的工作。这件事情导致他们对我更不满意了。在家里待不住了，我就一个人来了北京。

倪　萍：你父母很失望吧？我突然想起"可怜天下父母心"这句老掉牙的话了。你现在还花家里的钱吗？

珍　妮：我现在完全经济独立啊，有时我还给他们钱呢！

珍妮有点扬眉吐气的样子，肯定那些年"作"得心里也不痛快。

2. 工作没有动力怎么办？

倪　萍：现在的工作让你把学的专业放弃了吗？

珍　妮：放弃了。不管是喜欢的还是不喜欢的，都放弃了，目前的
　　　　工作跟之前学的都没关系。

倪　萍：那现在的工作是你喜欢的吗？

珍　妮：这就是问题的症结所在，我觉得我对所有做过的工作都挺
　　　　喜欢的，而且我的工作做得也都还挺好的，我的每一任领
　　　　导都挺满意我的，但我觉得自己一直缺乏工作上的原动力。
　　　　比如微信公众号刚刚出现的时候，我在一个奢侈品品牌负
　　　　责新媒体运营，那时候经常写出来阅读量"10 万＋"的文
　　　　章。当时我的领导啊，朋友啊，都建议我自己也做一个账号，
　　　　写写我擅长的内容，我也觉得这想法不错，但是因为各种
　　　　原因没实施，就错失了机会。我觉得自己对工作挺认真负
　　　　责的，领导交代我的工作我都完成得不错，但我自己始终
　　　　没有什么原动力和热情。

倪　萍：你说的原动力是指什么？

珍　妮：我目前的工作是营销策划。这个工作我爸妈是很看不上的，
　　　　他们觉得我干的就是一个在北京讨口饭吃的工作，我挺生
　　　　气的，觉得他们伤害了我的自尊。他们一直希望我可以回
　　　　家发展，毕竟和亲人在一起可以彼此照应，而且他们认为
　　　　在老家他们几十年积累的人脉和资源对我有利，但是我不
　　　　想回去，即使要回去我也渴望自己能在北京发展得更好一

点再回。我挺在乎别人是怎么看我的，尤其是我爸妈对我的看法，我的原动力是渴望能被他们认可。

倪　萍：那你还真是个好孩子，有良知，很在乎你爸妈的感受，父母算是没白疼你。你现在对自己认可吗？

珍　妮：我不太认可自己。我看过您写的《姥姥语录》，大受感动。我跟我姥姥的感情也很好，去年我姥姥去世了，我特别难受。开始只是个挺普通的小病，医生建议住两个礼拜院。我妈打电话让我回去，但那时刚好赶上疫情管控，而且我情绪也不是特别好就没回。本想着反正快到年底了，等春节放假回去再看姥姥也行，结果一个礼拜以后姥姥就病危了。我赶回家，一直昏迷的姥姥见到我居然出现了短暂的清醒，我陪了姥姥最后几天。内疚和悔恨砸得我不知所措，我晕了几个礼拜都没缓过来，一直恍恍惚惚的，整个人变得焦躁又绝望。也是从那时起，我坚不可摧的外壳的一部分缺了、破了，像是缺了一条腿的椅子，或是破了一块的镜子。我妹妹责怪我不孝，说你看看这些年你回来过几趟，在北京也没混出什么名堂，还不肯回来照顾亲人，总之就是把我说得一无是处。

所以我情绪就更不佳了，体现在自己目前正在做的这份工作上就是：虽然表现出来的还算称职，但我知道自己并没有投入多少热情。最近这段时间我常常半夜突然醒过来，想想这么多年了，我不知道自己想要什么又得到了些什么，生活一天天地重复，我还是一无所有，觉得特别孤独。

3. 人应该学会欣赏自己，也接受自己的不完美

　　我感受到珍妮这些年的内心挣扎，她真的需要整理自己了。什么都有，却觉得自己很"穷"；被各种亲人爱着，却觉得自己很孤独。究其原因，她还是一个内心良善且有向上的精神追求，不麻木、不放弃的人。

倪　萍：我能看得出来你是个心智特别高的孩子。我不骗你，孩子，你五官长得特别好看，可你愣是把自己好看的脸吃成了现在这样。孩子，我看着你现在的样儿，就想起几年前的自己，简直一模一样。我那时比你胖，还出去给别人颁奖。我站在台上，比任何人都能再胖出一圈来。我回来后很后悔，好长时间都不再出门了，本来很爱笑的我，那几年也很少笑了。像我们这样的胖子，纠结、痛苦的根源是我们对自

己的样子不满意、不自信。

倪　萍：通常人们说外表不是那么重要，重要的是内心的强大。很
　　　　奇怪，外表有时能把一个坚强的人打垮，因为内心真正强
　　　　大的人还是少之又少啊！你诚实地问自己，你内心算是强
　　　　大吗？你对你现在这个样子满意吗？

　　我其实是想敲打一下这个孩子，又怕打疼了她，所以先把自
己同她一块儿打，并尽量以商量的口吻说话。但还是打疼了，珍
妮一直低着头在哭。

倪　萍：很多事情之所以是"我也完成得挺好的，但我没有什么特
　　　　别突出的"，是因为你缺乏能做出突出成绩的那种力量，
　　　　你的力量藏在找回一个更好的自己那里。
　　　　减肥不是件容易的事，但你还年轻，一定要去做。
珍　妮：我不单纯是对自己厌烦，我内心其实充满矛盾，时常觉得
　　　　自己还挺好的。如果别人说我胖，我会反驳那怎么了，世
　　　　界上胖的人多了，欧美人都胖，瘦有瘦的美，胖也有胖的美，
　　　　我还觉得自己可好看了。而且我还阶段性地觉得自己特别
　　　　有能力，总有一天能干出点大事来。
倪　萍：哈哈，我胖的时候跟你想的一样，但我知道这是另一种不

自信，另一种抵抗。从心理学角度来说，我们在内心深处对自己是坚决不认可的。

倪　萍：我们再来说第二层！你对自己太了解了，你觉得自己有能力做成大事，其实你真的能。但是为什么做不成？你对自己不够狠，太惯着自己了。这跟你的原生家庭有关，你爸妈太宠你了，你已经习惯了不去竭尽全力。

咱们说说鸭子定律吧。你应该知道，浮在水面的鸭子都是很优雅、很平静的，可是如果潜到水底下看你就会发现，它们的两只脚一直在拼命地蹬水。你费多大力，你的优雅程度可能就有多大。你只看到别人在生活和工作上游刃有余、光鲜亮丽，但你没看到他一直在你看不到的地方马不停蹄。孩子，你是两只脚丫子想蹬就蹬两下，不想蹬就歇好几天的人吧？你本有条件可以做得更好，至少会比现在做得更好。但是你对自己没有这样的要求，就算偶尔有，也还是没有立刻付诸行动。遇到困难你就放弃了。

你拥有的太多了，你家境好，又有退路，有学历又有能力，过简单的生活对你来说毫不费力。如果说明天你爸妈没钱、没房了，你失业了，下个月就没饭吃了，你立马就会行动起来。过往轻松的日子把你陷进去了。你知道，舒适圈待久了，走出去需要勇气和智慧，我觉得你哪一天想明白了应该能走出来。

珍　妮：倪萍老师您说得对。我爸妈在老家给我准备好了房子，他们始终希望我可以回老家，在他们的安排下过体面的生活。

倪　萍：我不建议你马上回去，你回去更难快乐。孩子啊，你现在就不肯努力，回去以后爸妈啥都给你安排好了，你可能就彻底"躺平"了，也再难解开心结了。

珍　妮：我换过好几份工作，不是因为收入问题也不是因为做得不好，是我自己觉得在职业选择上一直没找到适合自己的，就是那种我喜欢，恰好我又有天赋，能比一般人做得好，最好还符合当下市场需求的工作。打个比方，我就很喜欢写写比较文艺的文字啊，写得也比较好，但是大家都跟我说文艺不能当饭吃。

倪　萍：啊？哈哈，这是哪路高人的瞎指点？任何职业能否当饭吃取决于你做得好不好和你喜不喜欢。吃一辈子文艺饭的人普天下太多了，我算一个吧。你再看那些大作家，有几个没有饭吃的？

你如果能确定自己的一技之长是写作，你写得又很受欢迎，那你就先努努力在原有的树木上开一朵与众不同的花。

工作和个人兴趣在幸运的人身上是既可以合一，又可以分开的。人应该学会欣赏自己，也接受自己的不完美。有属于自己的人间烟火，不悲观、不消极，就已经算是比较理想的生活了。

珍妮被我说得好像有点要立刻行动了，临别时她说今天没跟我聊够。我答应她，有什么新的想法我们可以再约。

我对珍妮的心思很像一个母亲，很心疼她又忍不住对她说了一些重话。对不起孩子，我是因为不舍得你过得这么拧巴。我有些为珍妮心痛，可内心深处更心疼珍妮的爸妈。这样不听父母话的孩子算不算不孝呢？嗐，这一切都是为什么？无法说服自己。

倒是想起了《杀死一只知更鸟》里的一段话：

"你永远也不可能真正了解一个人，除非你穿上他的鞋子走来走去，站在他的角度思考问题。可当你真正走过他走过的路时，你连路过都会觉得难过。有时候你所看到的，并非事实真相，你所了解的，不过是浮在水面上的冰山一角。"

也许我并不了解真实的珍妮，也许我又好为人师了一把。老毛病改改吧。

人生问答题

如果你心中还有很多理想未能实现，内心迷茫又慌张，你会怎么办？

A. 接受自己的平凡，顺其自然度日。

B. 为自己做可行的计划，对自己狠一点，为理想拼一把。

║║║ 后来的我们 ║║║

和倪萍老师聊完，即刻的改变是当晚我没有吃饭就跑去健身了，脑中幻想倪萍老师因为减肥饿到偷吃咸菜的场景，哈哈。这一年我的体重涨涨落落，没减掉几斤，不过我养成了运动的习惯，皮肤和精神状态都好了很多。

倪萍老师一针见血，她说："其实你拥有很多，却还是觉得自己一无所有。"一语点醒梦中人。听了这句话我的脸感觉有点着火，意识到我对自己有不满和期待。回顾自己的经历，一路走来比较顺，所以容易圈于自己的认知，随着自己的性子。30岁出头的几年，职业、感情、婚姻、家庭的压力扑面而来，在北京过得自由却也陷入孤独和迷茫之中。我选择了不正面面对，让自己舒服。人生有低谷期，这我也可以体谅自己。不全然绽放的生命一定会产生迷茫，不要因为自己拥有很多就理所应当地"飘"在半空。现在我感觉自己的状态已经调整好了，可以用积极的态度去面对周遭的环境，我可以打开自己，去感受，去经历，去生活。

　　我很欣赏倪萍老师的"真"，真性情，敢作敢为，我也想像她一样，一辈子痛快活一回。

——珍妮

如果"卷"不动，要不要"躺平"？

来访人小档案

昵称：晓白

年龄：30+

婚育：已婚已育

职业：影视工作者

晓白是个北京女孩，长相乖巧，笑起来眼睛弯弯的，露着两颗小虎牙。初见时，我觉得这孩子看起来很小，默认了她可能是个"90后"，聊过之后才知道她已经是个妈妈了。

1. 如果"卷"不动，那就调整一下成功的标准

倪　萍：年轻可真好！

晓　白：哈哈！谢谢您的夸赞。在生活上觉得挺好的，可在职场上看着年轻会成为工作中的弱势。人家一看就说你是个小孩，会感觉你说话没有信服力。很多时候年轻等于资历浅，会被轻视。

倪　萍：这真是太古板的传统想法了，我就愿意跟年轻人合作，有新鲜的思想，常常带着我向前走。

晓　白：倪萍老师，我主要是在工作上有一些困惑，现在"90后"和"00后"的"小朋友"是职场上的主力军。他们工作起来特别努力，特别拼，我却有点拼不过他们。我是在影视公司工作的，大家一起跟组，他们可以各种"熬大夜"，依然活力满满，而我熬到两三点心脏就开始突突跳，扛不住了。现在有一个词叫"内卷"，我感觉他们"卷"得特别厉害，可我自己有点"卷"不动了。

倪　萍：你很热爱这个工作吗？

晓　白：很热爱啊，我之前也是因为喜欢这个行业才做的。但喜欢归喜欢，这份工作做起来难度系数挺高的。我工作的这家

影视公司处于起步阶段，我入职后就一直在学习，参与剧本策划，给平台递项目，好多项目都是看着要起来了，然后突然就没有消息了。我刚生完孩子没多久时，有一个项目被平台看中要迅速开始筹备拍摄，我和当时正怀着孕的领导一直打配合推进这个项目。那会儿，领导身体也不太好，常常住院。所以在项目推进过程中我们做得很艰难，不过最后还是推动这个项目顺利开机。进组后，我就在剧组认识了很多"小朋友"，他们对待工作特别努力，充满干劲儿，真的让我很感慨。

晓　白：我对这份工作也是充满热情，但如果说要我像他们一样去付出那么多，我觉得我可能做不到。所以，我不知道像我这个年纪，还要不要跟"90后"和"00后"的"小朋友"一样到职场上去"卷"。

倪　萍：你已经挺棒了。好有画面感，你们两个新手妈妈，一个抱着襁褓中的婴儿，另一个挺着大肚子，愣是把一个项目做成了。

　　看见这孩子纠结的劲儿，我特别想了解她内心的想法，所以我追问她：

倪　萍：你愿不愿意这样"卷"呢？

晓　白：以前是愿意的，觉得年轻什么都无所谓，现在从现实的角度考虑已经不愿意了，因为觉得付出跟收获往往不能成正比。实不相瞒，这些年影视行业遭遇寒冬，项目越来越不好做，甚至已经被称为"特困行业"了。我们这家公司经营不善，我甚至已经在考虑换工作了。

倪　萍：你的目标是什么？

晓　白：我的目标其实还是想在影视行业做点自己喜欢的项目。

倪　萍：那你不愿意"卷"就会不"卷"吗？或者说不"卷"后你有更好的去处吗？

晓　白：我找了一下，目前还没有。以前求职有"金三银四"的说法，现在 30 多岁的简历发出去都是石沉大海，咱也不知道这个年纪的人该去哪里找工作。

倪　萍：对，现实就是这么残酷。现在很多人很反感这种"内卷"，实际上这可能会是未来社会的常态了。

　　　　我当年在台里当主持人的时候，想"卷"也没人"卷"。我刚进台的时候，中央电视台文艺节目一共有 7 个主持人。我和杨澜两个人每周都轮着直播，我们好像还来不及"卷"，杨澜就出国了。当时还有刘璐，人家优雅地、不急不慢地做着只有她能做成的音乐节目。那时工作就是这样一种状态，人少，不"卷"。

倪　萍：如果把我放到现在的话，我也得被"卷"走了。

首先，从做主持人的外表条件来说的话，我不够漂亮。现在我们台的主持人有四五百人，而且中国传媒大学招生都是个子要高还要漂亮。

其次，我知识不够渊博。我们台里后来进来的那些人都是双学位，不是北京大学就是中国传媒大学，学历都很高。北京台做养生节目的刘静，已经拿了博士学位了，我们台的海霞也是博士学位。她们比我小那么多，"卷"得了吗？我是山东艺术学院毕业的，从学历上来讲肯定是竞争不过他们的。生活中我也是一个特别不打眼的人，我所处的环境虽然不"卷"，但在那个万人瞩目的岗位上，每天我也在跟自己"卷"，"卷"得很辛苦。

你们这代人的日子，比我们那时候难多了，你们现在不"卷"也得"卷"，因为翻牌太快了，总有人正年轻，总有人更好。虽然这个奋斗的过程很难，但也别把自己给憋到死胡同里，进不得，退不得。我觉得你可以大胆地开开思路，其实就是对自己做一个评判。这里有一个很关键的点是评判什么，评判的标准又是什么？

先要看你对这个职业或者这个行业的热忱。如果你热爱到一定程度，不做这个不行了，那其他条件要降低。

倪　萍：比如说你想按照自己的标准做个理想化的项目，那就做好
　　　　心理准备，可能挣不到那么多钱，在物质上要放低标准。
　　　　其实你们这个年龄段的孩子，真的需要学会调整成功的标
　　　　准，因为成功的标尺，本来就是因人而异的。就说跨栏，
　　　　110 米栏一定要跟刘翔一样达到 12 秒 91 的成绩吗？难道
　　　　其他人都是瞎跑了吗？积极地向上追求是好的，但不是非
　　　　要拔尖才叫成功，才有意义。

倪　萍：这种调整也可以平移到生活态度上去。我觉得到了你这个
　　　　年龄，做了母亲还上着班，可以换一种活法。你可以自然、
　　　　从容地做一份工作，带好孩子，工作上不再要求自己必须
　　　　拔尖了，花点心思用在家庭和孩子身上，温暖、幸福地过
　　　　几年，以后再说以后的事。

　　　　你可别轻看了自己，年轻的妈妈牵着孩子在大街上走，那
　　　　真是一道世间最美的景象。

　　　　学会换个角度思考问题，亮出自己的长项，给生活涂抹属
　　　　于自己的亮色，你可能就不那么焦虑了。

2. 每个人都要找到自己的赛道，过自己的生活

倪　萍：你在这个行业待了这么久，看了很多电视剧、电影，又读
　　　　了很多书，对生活有了一定的领悟，也有了一些积累。你
　　　　是否试过回家写剧本？这样没离开这个大行业，只是换了
　　　　工种，自己跟自己"卷"。

晓　白：之前在工作中接触了很多编剧，但自己做编剧还真没想过。
　　　　编剧需要细腻的情感，强大的洞察力，还有丰富的阅历。

就比如热播剧《人世间》，我看的时候哭得稀里哗啦的，这真不是一般人可以写出来的。我觉得梁晓声老师能写出这样优秀的作品，是因为有他丰富的阅历在里面的，并且他对生活的理解足够深刻。

倪　萍：哈哈，那你开始的目标定得太高了。如果以《人世间》这样的作品为标准的话，那你现在确实写不了，可能永远也写不了。每个人的经历不同，你可以试试写自己熟悉的生活。如果写你这个年龄在这样一个时代里的快乐、苦衷和"卷"，梁晓声老师可能也写不过你呢！

在生活中找自己，就是最大程度地把自己的优点发掘出来，这样写下去，也许等你到了梁晓声老师这个年龄的时候，也会写出很了不起的作品。

可如果你要一直等待的话，真的就做不了这份工作。曹禺先生23岁就能写出《雷雨》，他这个家族的生活环境是他熟悉的。还有一个渠道就是读书借鉴啊！

我们每个人在做事之前，最怕的就是先给自己设了无数的障碍。无知者无畏，有的时候更容易闯出一条路来。

我刚进中央电视台那会儿，对电视节目的无知反而成就了我。我之前没有做过主持人，不知道要对着哪儿说话。我上了台就拿着话筒跟观众交流，还拉着电线满台溜达，溜

达到谁面前就跟谁说。别人表扬我说一上舞台就很生动，
其实不是生动，是不知道该固定站在哪儿。

倪　萍：所以，孩子，你要把自己内心深处的能量用在相信自己上，
很多作家写出很棒的作品，就是在你这个年龄，像迟子建
啊，铁凝啊，有太多这样的作家了。

写剧本，还有拍短视频……尝试着换一个适合自己发力的
赛道，而不是去和那些需要熬夜、需要出差的孩子去"卷"。
你可能真的"卷"不过他们，而且会越"卷"越焦虑。

3. 年轻的时候就想"躺平"，多可惜呀！

最近在网络上总能看见"躺平"这个词，的确，现代社会年
轻人压力太大了，晓白聊天时就跟我说，她也有过"躺平"的想法。

晓　白：我曾经为了赚钱熬过一段非常辛苦的时光，过了那段时间
以后，就不那么缺钱了。现在家里人也经常对我说："对
你没有那么高的要求，你只要能养活你自己就可以了。"
现在很多年轻人都想提前退休，如果我现在选择去"躺平"

的话，是不是太没有上进心了？

倪　萍：天哪！你才30多岁就想选择"躺平"，要"躺"多少年啊？假如你活到90岁，要"躺"将近六十年，你"躺"都"躺"累了。北京的工作机会这么多，只是看你能不能走出舒适圈。适当地"卷"一"卷"也是一件挺有意思的事，毕竟你还年轻啊！

而且你已经有很大的优势了，就是这个年龄不用承受巨大的生活压力，衣食无忧。你有书写生命篇章的能力，不然你到了我这个岁数会后悔的。

人世走一回，生完一个孩子，就完成任务了吗？多可惜啊！人家是想方设法把一生过成几辈子，你倒好，想把一生过成半辈子。

你不要一说写东西就想像梁晓声老师那样，一拍电影就想像张艺谋老师那样。永远想着这种高度，就会觉得"卷"，压力太大了。这等于出发前就搬了一块大石头放在自己面前。

我以前就常跟家里人说，"平平淡淡才是真"。但我姥姥特别反对，姥姥说："人一生下来就是个普通人，一个鼻两个眼，你见谁一天吃八顿饭？都是三顿饭。没有能力便罢，有能力为啥不上山顶去看看？在山沟里转一年和转一

辈子一个样，有啥意思？哪有下辈子？山顶上看的东西和
山底下看的就是不一样，半山腰都比山沟强。你问问那些
能人，山顶上都有什么？咱一辈子也想不到。"

倪　萍：你有那个能力，心里有那个向往，为什么不往山顶上爬一
爬？找一座适合自己的山，一步步地往上登，这一路上都
会有风景。用姥姥的话说，"上不了大山，上小山"。
人生要自己把握，你等着别人"卷"你，"卷"到最后，
你就很被动，会筋疲力尽。

4. 努力是在有效的时间里做更有价值的事

相比我们那会儿，现在的孩子工作和生活压力更大，忙碌和
焦虑把快乐挤压得越来越少了。

晓白跟我分享了她之前在广告公司工作的经历，身为"广告
狗"，要面临高强度的工作，身体都不行了。

晓　白：我刚毕业那会儿在一家广告公司工作，工作了三年，成长
确实很快，但是身体变得很糟糕。经常加班吃夜宵，胖了

40 多斤，有一天突然就发现自己的肚子变得特别大，去医院检查后发现长了一个拳头大小的囊肿，除此之外还有筋膜炎、颈椎病。

晓　白：当时我就考虑是继续坚持这种高强度的工作，还是换一个舒适些的职业。我在工作上要做一些决定的时候，家里人的意见对我的影响还是比较大的，所以我去询问家人的意见。

家里人说："你的身体都这样了，不要命了啊！"

那时的状态就是每天都很累，回到家完全不跟家人沟通，在家里吃饭都要拿着手机对接工作上的事。身体出现状况后，我才开始思考为了工作去牺牲健康值不值。

我那时经济压力很大，从现实角度看我是主动去"卷"的。当时在日常"996"偶尔"007"的工作状态下，为了赚钱我还做了一些兼职。现在回想那段时间，我都不知道自己是怎么扛过来的，感觉那段时间自己太傻了，真的是在用健康换钱。

倪　萍：孩子，我曾经也对自己说过一句狠话——人努力工作赚钱不是为了早点死啊！那年我因主演电影《雪花那个飘》获得蒙特利尔国际电影节最佳女演员奖，当我在台上接过电影节评委会主席给我的奖杯时，我说完第一句话就哭了，我说"拍电影是为了好好活着，不是为了早点儿死"。台下的观众一脸蒙。我想起了拍电影的那个冬天，三个月都在风雪中度过，零下十六度，我还穿着棉裤跳到水里，身上没有任何保暖的东西。那时候，我太想拍一部好电影了，太想获奖了。可是电影拍完了，我的腿开始走路都疼，超过五百米的路，我就走不动。这样的代价，怎么能让我捧起奖杯时不哭呢？

倪　萍：努力工作，是为了好好活着。

选择拿命去换钱，换时间，换成就，换成功，这都是世界上最傻的事。我们说的一切努力都是在健康的前提下的努力。

努力是在有效的时间里做更有意义、有价值的事，这是一个智慧的选择。

每个人在成长过程中可能都有这么个阶段，为了赚钱去拼搏，但是我也不太能理解你当时的选择。

其实像你过去拼命地"卷"，和现在这种想"躺平"的心态，都是不平衡的。如果你真能说服自己"躺平"，你就回去"躺"着，你觉得你能"躺"多久呢？

晓　白：我想象过，可能一年就扛不住了。

倪　萍：那你可以试着"躺"一年，试试自己能不能"躺"下。我说的"躺"不是什么都不干，如果在家里只是什么都不做，你自己也一定会烦，你就不想再打扮自己，不想去做头发，不在乎身材，慢慢就会不爱自己了，会觉得自己是没用的人。如果你在这种情况下还依然很享受，那也是一种不错的人生选择。

倪　萍：你已经有一个可爱的孩子，一个美满的家庭，一个爱你的丈夫，家里的老人也都在身边。要在社会上横着比起来，你也算是过着很好的生活，拥有很好的人生了，你完全可以为了自己去放松地生活。

晓　白：是的，我很感恩，也很知足。以前听人说北京人就不需要努力奋斗的时候，我就特别生气。我说为什么北京人不需要奋斗呢？你们对北京人都有误解。但我不知如何破解。

倪　萍：理解，我可以告诉你秘诀。努力做事是塑造一个美丽女人特别好的方法。你去看一看，那些一直在刻苦读书、努力做事的女人，即使很辛苦地过了一辈子，她也是很好看，很有气质，活得很美的。这个好看和气质你自己去体会，经历过事和没经历过事，眼神里的东西不一样。

你不觉得带着孩子还依然在奋斗的母亲，对孩子来说也是榜样吗？

一个人去做事就一定会遇到困难，然后不断地克服，把自

己磨炼成可以掌握自己命运的人，会很潇洒。你不做事，
未来有可能后悔。

晓　白：哇，倪萍老师您说得太对了。我之前就想，哎呀，完了，
　　　　30多岁了还没有做出什么成绩来，焦虑啊！后来再一想
　　　　60岁才退休呢，现在才工作了十多年而已，路还很长呢，
　　　　我一定要找对方向。

　　临分别的时候，我又忍不住嘱咐晓白：孩子，每种果实收获
的时节都不一样，你现在才30多岁，或许50多岁你就成了女梁
晓声了呢。

　　晓白连连道谢。我想说，我该谢谢你们才是，这种交流对我
来说也是一个学习的机会。你们把不同的人生经历分享给我，你
们这些思想对我有特别大的启发。我在你们这个年龄不如你们，
还没有这么多反思，就一个劲儿地往前瞎闯。

　　晓白，还有那些像晓白一样迷茫的年轻人，千万别让自己活
得拧巴。调整奋斗的节奏，调整内心的平衡，找到属于自己的那
座山，好好地去攀登吧，咱们都别白来这人间一趟。

人生问答题

如果你的生活已经有了基本保障，不需要再
为赚钱去奋斗，你会如何选择？

A. 寻找自己的目标，挑战自我，实现自己的价值。

B. 不再努力奋斗，选择"躺平"，享受生活。

||| 后来的我们 |||

和倪萍老师聊过后，我的内心渐渐明朗。

因为公司经营不善，多次拖欠工资，我索性真的回家"躺平"了三个月。这段时间，我完全放松下来，陪伴长辈，照顾孩子，弥补了之前因工作繁忙而对家庭造成的忽略，享受到了亲情带来的温暖与快乐。我还当起了佛系的读书博主，实现了看书自由，认识了很多志同道合的伙伴。

回归职场后，我再次不由自主地"卷"起来，工作成果喜人，但没过多久身体就开始小状况不断，于是我果断离开再次调整。2023 年的我应该有着近几年最好的状态，能够保持生活和工作的平衡，还能坚守初心，从事自己喜欢的工作，在工作中不断学习，慢慢进步，获得工作带给我的成就感。

原来，生活没有所谓的标准答案，人生也不是只有一种姿态。不同阶段有不同阶段的选择，我可以在风雨中负重奔跑，也可以在阳光下用最舒服的状态，接受流淌到生命中的一切。

我想告诉倪萍老师，我已经找到了属于自己的那座山，和别人的山比起来，它可能不够雄伟壮丽，但它温柔秀美，是我喜欢的山。

感谢生活，让我拥有选择的权利，希望你也能随心所欲。

——晓白

第三章

原生家庭的缠绕

为什么纠结的总是我?

来访人小档案	昵称：乐意 年龄：28 岁 婚育：未婚未育 职业：文字工作者

　　乐意这个名字有意思。乐意是个急性子的东北姑娘，说话的时候节奏快得像机关枪一样，特别有活力，有感染力。她很爱笑，浑身上下透着一股纯真的孩子气，很可爱。乐意还有个双胞胎妹妹，我们在聊天的过程中，她会时不时地提起妹妹。我能看得出，这孩子很爱她的家人。

1. 一个不知道怎么跟妈妈相处的女儿

乐　意：倪萍老师好呀，我是乐意。哈哈，我有一个双胞胎妹妹，
　　　　她今天有些事情，不然就跟我一起来了。

倪　萍：不来也行，双胞胎的问题都差不多吧。

乐　意：不不，我们完全不一样。

倪　萍：啊，真的啊？！

乐　意：倪萍老师，我现在正在人生最关键的时候，到坎儿上了，
　　　　要决定我未来的人生方向了，所以我特别想来跟您聊聊。

　　　我心想，你想多了，孩子，你以为我是齐天大圣啊。

　　　这孩子没说两句话，我就被她感染了。我连忙让孩子坐下来，
喘口气，喝口水再说。

乐　意：我今年 28 岁了，毕业之后就到北京发展。当时我妹妹毕
　　　　业后也留在了北京，我们两个在一起度过了两年快乐的时
　　　　光，但后来我们的人生走向就变得不一样了。

倪　萍：怎么个不一样法儿呢？

乐　意：我们俩分开了。24 岁的时候，妹妹就回老家了，考上了事

业编，我就继续在北京上班。我那时候玩得太疯了，有一段时间迷上了"剧本杀"，一门心思地玩，顾不上工作，也顾不上她，就是疯玩。妹妹不太喜欢这样的生活，她就回了老家。现在我 28 岁了，工作做得非常顺手，生活状态也相对稳定，但妈妈强烈要求我回老家。她总是跟我念叨说："你都快 30 岁的人了还不找对象，一直在外面漂着太不靠谱了。"

在聊的过程中，她东一句西一句，我更确定了她目前有些迷茫，便慢慢地试着和她一起梳理思绪。

倪　萍：孩子，那你现在最困惑的是什么呢？

乐　意：倪萍老师，我现在的困惑是不知道怎么与父母相处，不知道该不该回老家。我从小性格就特别倔强，妈妈批评我、打我，即使我心里明镜似的知道是我的错，是我调皮捣蛋，但我就是死不认错。妈妈批评妹妹的时候，妹妹就会特别听话、服软，会向妈妈认错。我妈妈的脾气特别火爆，而我又特别倔，什么事情都想讲个道理，讲究个公平合理。

倪　萍：你是只对你妈妈这样，还是对所有人都这样？

乐　意：我对朋友特别仗义，和领导、同事、合作伙伴这些人的关系都很融洽，在周围人的眼中，我是个有趣、善良、好相处的人，但就是和最亲的家人没法好好相处，没法好好沟通。我妈老说我是窝里横，可我觉得我真的挺爱我的家人的，以爱的理由裹挟着自己的任性。

倪　萍：哈哈，家人的爱很多都是以这种方式表现，越亲近的人越觉得说话不用客气，不用拐弯，不用动脑子，任意地发火，任意发火的结果基本都是伤害。痛苦的就是你刚才说的：我真的挺爱我的家人的，却总是和他们争吵。

乐　意：我觉得妈妈的控制欲特别强，对我们的爱特别用力。比如，在家里的时候，我们的头发披着或者扎起来她都要管，让我们按她的要求来。我们姐妹小时候是姥姥、姥爷带大的，那时候妈妈没有管过我们，但是在我们成年之后，她又对我们管得太多了，对工作、婚姻这些关系到未来的大事指手画脚。我特别受不了别人控制我，所以我跟她就没法那么亲近。其实我们家所有的女性，我姥姥、大姨、妈妈，都很强势，她们的控制欲太可怕了，所以我要逃离那个地方。我在外面这么多年，也的确收获了自由，但也错过了一些陪伴姥姥、姥爷的时间。姥爷现在年纪大了，有些糊涂了，他只记得我妹妹二宝，他忘了我这个大宝。每次跟我视频，我姥爷总问这是谁，他有时候都想不起来我。

倪　萍：你妹妹是怎么处理家庭关系的呢？

乐　意：我妹妹很会和妈妈相处啊，有的时候我觉得她们黏在一起
　　　　很亲，她们才是真正的母女。但这也正常，我妈觉得妹妹
　　　　才是最孝顺的。我印象最深的就是她跟我说家就不是一个
　　　　讲理的地方。

倪　萍：你认可这句话吗？

乐　意：我觉得一切为人处世都需要一个逻辑。妈妈从不讲任何道
　　　　理，一切都要由她决定。我妹妹现在在家里生活得挺好，
　　　　她说她现在已经完全掌握了如何跟妈妈、姥姥相处的方法。
　　　　在这方面，我也真是挺佩服她的。之前妈妈让妹妹去相
　　　　亲，妹妹不想去，上火了，第二天嘴角就起了大泡。妈妈
　　　　就又哭又闹，说她都是为了妹妹的未来，逼着妹妹去相亲。
　　　　最后，妹妹还是去了。换作我，我肯定做不到像妹妹这样
　　　　顺从的，我会很痛苦，甚至可能会很激烈地反抗。可如果
　　　　我选择回老家，也一定会面临许多这样的问题和冲突。我
　　　　觉得我无法跟家里人长时间和平地相处，所以才会在要不
　　　　要回老家这个问题上纠结不已。

倪　萍：你现在在外面不回老家，仅仅就是为了躲避妈妈的强势管
　　　　理吗？有没有别的原因？

乐　意：我不知道。有时候我就在想，我 28 岁在北京什么样，32

岁也基本是这样了，可能那时候日子会更稳定一些吧。现在的工作算是顺手，但也谈不上多成功，多喜欢。我处于挣的钱能养活自己，一个人吃饱全家不饿的状态。但我也知道，父母把我养大了，我应该承担家里的责任了，可我赚钱的速度完全赶不上父母变老的速度。家里新买了房子，我每个月都会给妈妈拿一两千块钱，她没有要求我，也不是说特别需要，但我觉得这是作为女儿应该做的。

倪　萍：大宝，我懂你。你现在内心肯定有选择了，至少有倾向了，你只是想找个人来证明你对还是你错。

我能看出乐意的痛苦，她双眼垂下去了，语调也降下来了。

乐　意：我还没想好。从现在看来，我一直坚持自己的选择来到北京，真的没什么特别的意义，可一想到回到家里和家人相处的状态，又感觉自己不能回去，更没有意义了。

乐意真是挺难的。留下来，没有明确的目标，怕一直原地踏步，蹉跎了时光；回老家，又害怕无法跟家人和平相处。卡在这个进退两难的位置，怪不得刚一见面她就说自己正处在人生最关键的坎儿上。实际上，她这是典型的逃离，逃离母亲的那种强势的爱。

2. 别闷着头想答案，迈出步子去找答案

　　其实像乐意这样在大城市里奋斗的年轻人太多了，像她一样纠结于是留在大城市还是回老家的人也不少，所以这个问题真的很值得说道说道。我就给乐意梳理了一下她的处境。

倪　萍：现在回老家，离父母越近，你可能面临的问题就越多，你妈妈会管你管得很具体。因为回家了就要跟父母住在一起，一个屋檐下不磕头都得碰头。所以你就得像你妹妹一样，委屈一下自己，不然就得碰头。以你和你妈妈的性格，在一起很难会不发生冲突。这里边你妈有一半的责任，还有一半是你的责任，从这个角度来说你应该留在北京。

　　　　可是刚才我听你透露了很关键的信息，你说你也不喜欢北京，那你真的就不应该在这儿。因为你不喜欢一个城市却留在了这儿，那所有的付出就是对自己加倍的煎熬啊！因为你不喜欢这个城市，你会加倍地烦恼，所有不高兴的事情都成倍地翻。所以，从你这个不喜欢的状态来讲，你应该走。为了逃离家庭的束缚而留在一个不喜欢的城市，这痛苦也是加倍的。这是一个不聪明的选择，略带一些和自

己、和家人的较劲。

倪　萍：如果我是你，你猜我会怎么办？

乐　意：不知道啊！我现在是得过且过，先过了这两年再说。

倪　萍：孩子，别闷着头想答案，迈出步子才能去找答案。首先要
解决的，就是跟家人相处的问题。家庭关系处理好了，这
个去与留的问题就清楚了，也简单了。

如果可以的话，你跟公司请两个月的假回老家吧，或者趁
着换工作的空当回老家待一段时间。在家踏踏实实地过两
个月的假期，这两个月尝试着和你妈妈相处，和家人相处，
也看看发小、同学、朋友里面，有没有你很喜欢的还没结
婚的男孩子。你要是打算结婚生子，现在是一个最佳年龄。
最主要的是，回家这两个月调整心态，让自己不烦躁，不
然一直这样的话，现在是你和妈妈争执、闹矛盾，回头结
了婚和丈夫争吵，日子越过越糟心哪。所以，你真的要先
调整自己。

退一步还有个办法，听从妈妈的"指示"回老家找份工作。
租个离家近的房子，时常回家吃个饭，买个礼物带给妈妈，
若即若离的，可能会好些。

如果你觉得，我就是这样的人，我改不了，那你就得想想
自己的问题了。人生需要不断改变，不断成长，而你需要

的是从内而外的自我变革。

倪　萍：一个人身体健康，不生病，最大的原因并不是吃得好，而是有个好心情。万一妈妈因为担心你不安定、不找对象生病了，像你这么有心、孝顺的孩子，心里会很难过的。

乐　意：是啊，我也很担心妈妈的身体，我知道她很爱我，就是……太用力了。

倪　萍：对，过分用力，太多母亲犯了这样的错误，包括我。可你觉得她这个年龄能改变吗？她的用力改变不了啊，孩子。能改变的是谁？

乐　意：所以跟长辈相处的话，是我们要做改变吗？

倪　萍：对，好聪明的孩子，是你。你得改变，但并不是颠覆三观的改变。

成年人的价值观、性格都基本定型了，所以让你骨子里改变，那是不太可能的。也不能说，为了让父母放心，所有的事情都按照他们的安排去做。委屈自己，去做个乖乖的提线木偶你也会很痛苦，而且你肯定也做不到。所以，这就需要调整一下和家人的相处方式，让自己和家人相处的时候更柔和一些。你后退一步，后退到你是母亲她是孩子，你就知道怎么做了。

你妈妈这么用力地爱你，你要理解，毕竟这是爱呀，这个世界除了你妈妈，谁会这样为你操心？

倪　萍：你妈妈让你回去也许是因为你这些年在北京没有让她看到
　　　　一个足以放心的结果，如果你在这儿成家立业了，过得很
　　　　幸福，她可能就不焦虑了。如果你觉得受不了在老家的日
　　　　子，也找不着男朋友，那你还是可以再回到北京的。那这
　　　　次回来就不一样了，不纠结、不内耗自己，也不会只顾着
　　　　享乐了。那个时候你也就能真正地行动起来，担起孝顺父
　　　　母的责任来。

　　　　其实啊，在面对人生重要选择的时候，谁都会纠结，怕
　　　　万一选错了，以后过不好会后悔，这太正常了。大家面对
　　　　这种是留在大城市还是回老家的问题上，尤其纠结，因为
　　　　这两种选择背后是完全不同的人生状态。

　　　　但我觉得既然是选择，就无所谓哪个是对的，哪个是错的。
　　　　各有各的好，也各有各的不好。

　　　　你还有尝试的本钱，因为你年轻。

3. 家，真的不是个需要讲理的地方

　　现在这个社会节奏太快了，人们跟上了发条似的，整天抢时间在忙活着，没时间思考，有时候甚至越忙活越迷茫。所以，大家真的太需要休整了。音乐需要休止符，绘画上讲究留白，我们的心灵，也需要适当的休整。尤其像乐意这样，遇到了选择未来道路的困惑，又不知道怎么跟家人好好相处，更应该拿出一些时间来休整，甚至可以按下"暂停键"。

倪　萍：你要想清楚一点，对你来说，这个世界什么是最重要的。
　　　　未来的一切都不是确定的，唯一确定的是家人、亲人的温暖和力量。
　　　　父母年龄大了，也不是永远能活在这个世界上的，你要珍惜。你要用心去靠近父母，要宽容，别满脑袋想"我妈不对"。总这么想，你会把自己越缠越紧。你妈妈肯定有不对的地方，可你就生在这个家里，你就是你妈妈的孩子，你没有选择。
　　　　你心疼他们岁数大，你想孝顺他们，那就要改变你自己。
　　　　你妈妈很有脾气，对你们管得多，很用力。她用力就用力

吧，这都是因为爱呀。别人求她，她都不可能用力的。别人是不是披着头发，怎么穿衣吃饭，愿意怎么样就怎么样，你妈妈都不会管，因为那不是她的孩子。

乐　意：真的是这样。其实我妹妹比我先悟到了这一点，她会当着妈妈的面把头发扎起来，出了门就散开。

倪　萍：哈哈，你妹妹真乖，你也学学她呀！很多人觉得家是港湾，一切都可以由着自己的性子来，但真不是。妈妈的心眼儿可能就这么小，你非要整天在她心眼儿上戳。她的心眼儿很小，但你可以心胸宽广，因为你的见识多，你的文化比她高，没本事的人才回家治理父母。

乐意听我说了这些，小脑袋摇得像拨浪鼓似的。

乐　意：不，我不是这种人。

倪　萍：没错，乐意是个善良孝顺的孩子。

任何让父母生气，让父母不安宁，让父母过不好日子的人都是没良心、不善良的人。你要做那种人吗？肯定不想吧。你妹妹太有智慧了，因为知道家里不是讲理的地方。明眼人一看就知道是父母不对，但你想怎么着呢？你应该感恩父母，你的生命是他们给的，你也是他们辛苦养大的。

乐　意：倪萍老师，您说的我都很认同，但有时候面对自己，我也
　　　　会很疑惑。我与除了家里人之外任何人的关系都处理得特
　　　　别轻松，大家都觉得我挺好的，也愿意和我相处。而我性
　　　　格不好的那一面全都体现在处理家庭关系上了，甚至会放
　　　　大。我真的不喜欢这样的自己，也觉得特别不好。
　　　　我现在越来越觉得，长大之后跟父母好好相处是一种智慧。

倪　萍：所以啊，你就借着休整的机会回去多陪陪家人。然后拍拍
　　　　你的家乡生活，分享出来，多好呀。

乐　意：感觉您已经把我回老家后的生活都描述出来了。

倪　萍：对呀，现在城里人都盼着有个菜园子，去摘一把葱，摘摘
　　　　豆角，清晨起来，用清水浇浇菜园子，摘两根黄瓜……你
　　　　现在正好借着这个机会，感受一下这样的生活。一段时间
　　　　之后，你就会知道自己到底适不适合待在这儿。你在家里
　　　　生活的时候，晚上你就有时间抬头看看星星了，有时间思
　　　　考了。
　　　　你要是还不甘心，你就回北京。不要担心，没听说哪个孩
　　　　子和父母距离远了就不爱了。

乐　意：那要怎么在这些鸡毛蒜皮的小事的争执中获得解脱呢？其
　　　　实和家人产生矛盾，往往是因为那些小事。比如，最近我
　　　　妹妹休假，来北京找我玩，我们约定不吵架，但还是会因

　　为小事吵架。我看到她的一些行为，就忍不住管她。比如她把鞋脱了之后，我就让她把袜子洗了，或者让她早点睡之类的。有一次，她把我的门禁卡弄丢了，她总是在丢东西。

乐　意：我也知道这是个小事，但是我真的特别生气。我之前给她买过手机，用了不到一个月就丢了。我不明白为什么她一直在犯重复的错误。可现实就是这样，离得远的时候我会特别想她，可一到身边就会发生这些摩擦。

倪　萍：哈哈，你这么管妹妹，简直是你妈妈的翻版。

　　有人说三毛活得很幸福，对呀，她到了撒哈拉之后，你看看她过的是什么生活啊，简直是乞丐式的生活。但是她生活的幸福指数高，这是因为她的精神世界太精彩、太丰富了。所有的具体物质都是有限的，一件衣服再昂贵也只是一件穿的衣服。但是精神是无限的，这个东西一点都不"鸡汤"。

　　再说回你妹妹丢门禁卡这件事。孩子，你想过吗？地球已经突破八十亿人口了，只有你妹妹和你是从你妈妈肚子里生出来的，这是一个和你多么亲的人啊！有一个双胞胎的妹妹，多难得。你将来遇到难处的时候，你的妹妹一定会第一时间冲到你面前为你遮风挡雨的。

　　当然我也特别害怕以爱的名义放纵自己情绪的人。

倪　萍：我们无法改变任何人，包括父母、兄弟、姐妹、亲戚、爱人，我们只能改变自己。客观地说，你拥有的已经非常多了，你长得好看，聪明又智慧。你还有兴旺的家族，爷爷、奶奶、姥姥、姥爷、爸爸、妈妈都那么爱你，还有个双胞胎妹妹。天哪！你拥有的太多了。接下来你需要做的就是先收拾一下自己，整理一番。

人生问答题

换作你，毕业后一个人去城市打拼，打拼一
段时间后发现自己得到的并不多，那你是选
择继续在大城市打拼还是回乡陪伴家人？

A. 继续待在大城市。

B. 回老家生活。

‖ 后来的我们 ‖

"聊聊"解开了我很多的自我矛盾，一年后我选择了听从内心，从北京辞职回了老家，陪伴家人。说来也是巧合，今年过年滑雪的时候遇到了一个让我心动的男生，让我明白了人与人之间最大的吸引力不是容貌，而是对方传递给你的温暖和踏实，真诚和善良。

与大家分享一本我最近读的治愈我内心的书，余华老师的《第七天》。书中有这样一段话：

"我在他 21 岁的时候突然闯进他的生活，而且完全挤满了他的生活，他本来应该有的幸福一点也挤不进来了。当他含辛茹苦把我养育成人，我却不知不觉把他抛弃在站台上。"

　　请一定要珍惜与家人相处的时光啊!

　　如果 30 岁之前是自在、自我和自由,那么 30 岁以

后的人生,就要学会如何与家人、爱人相处,那将是我毕

生的课题。北京再见啦,新生活开始啦! 同时也祝倪萍老

师身体健康,万事顺意。

——乐意

难以沟通的父母，我要选择原谅吗？

来访人小档案

昵称：小路同学

年龄：28 岁

婚育：未婚未育

职业：项目运营

小路同学是一个来自河北的小姑娘，皮肤很白，留着一头短短的鬈发，眼神纯净，性格偏内向，是个稳稳当当的孩子，很惹人怜爱。

我看着这个迎面向我走来的孩子，她步履平缓，举止大方，很平静，也很甜美。

1. 原谅是为了填平自己心里的空洞

倪　　萍：小路同学，小小年纪看起来很沉稳。

小路同学：我现在做的是与文化产业相关的运营工作，经常有商务
　　　　　沟通，所以看上去可能沉稳一些，当然也有一部分性格
　　　　　的原因。

倪　　萍：哦，这是你喜欢的工作吧？你是学这个的吗？

小路同学：是的，我喜欢这份工作。但我之前一直学的都是理科，
　　　　　大学读的是石油专业。我那时候在大学社团里担任了编
　　　　　辑部的部长，毕业之后在机缘巧合下就找了与文化相关
　　　　　的运营工作。所以我在工作上没什么太大困惑，我的困
　　　　　惑主要来自家里。

　　　这孩子提到家的时候，语气就更沉了，神情也变得忧郁了。

小路同学：从表面上看，我有一个还不错的家庭，我妈是高中老师，
　　　　　我爸是从部队转业回来的公务员，但是我们的家庭关系
　　　　　让我很痛苦。因为我爸性格不是很好，他可能有一点躁
　　　　　郁症，很情绪化，很难沟通。他甚至还打过我，所以我

们的家庭关系其实很僵。

倪　　萍：为什么会这样呢？

小路同学：我小的时候我爸爸还在部队，他每年只回来一两次，我每次见他都有点认生。我小时候爱折腾，不是很有分寸，有时候闹着闹着他就急眼了，就会教训我。这倒也正常，小孩子调皮就管教呗。我小时候很喜欢热闹，每次家里来客人了我也会跟客人折腾。我爸可能就觉得我过分了，等客人走了以后，他就会很暴躁、愤怒地教训我一顿，认为我折了他的面子。那个时候他情绪很差，非常愤怒，就会让我恐惧不安。

现在一想起来，我觉得我那个时候也没错呀，我就是一个小孩，能有什么成人社交的意识啊？为什么他会觉得自己的面子比女儿重要？我现在也不懂这一点，但是我没有办法跟他沟通。

　　小路同学看上去是很平静、坦然地描述他们的父女关系，但从她的语气里，我能感受到她那说不清的苦恼和委屈。

倪　　萍：你妈跟你是一伙儿的吗？

小路同学：是，但是我妈的性格很软弱，也受我爸的欺负。

倪　　萍：他们俩现在还过着吗？

小路同学：还过着呢。

丈夫性格强势，脾气暴躁，妻子胆怯懦弱，忍气吞声。很多这种情感冷漠的家庭，都很难维持下去。

倪　　萍：他们靠什么维系？靠感情吗？

小路同学：他们感情很冷漠，我觉得应该就是一种习惯，而且我家
　　　　　经济完全是 AA 制的。

这孩子的回答，让我着实有些惊讶。AA 制？在我们那个时代，AA 制的夫妻，还是相当少见的。这是现在一些年轻人的做法。看着我一脸的不理解，小路也彻底打开了话匣子，把她的故事分享给我。

小路同学：我现在就是日常给我妈打打电话，联系得也少。虽然说
　　　　　距离很近，但从 2019 年开始我就没回过家了。
　　　　　我们家有一个很不好的"传统"，每年从腊月二十八到
　　　　　大年初三这段时间关系总是很紧张，他们肯定会吵一架
　　　　　或者打一架，从我小的时候起就这样。我爸喝多了之后，

总会在鸡毛蒜皮的小事上找碴儿。我觉得，他可能是工作上不是很顺，心里不爽吧！所以他就要跟我们找碴儿，发泄情绪。

小路同学：2019 年，我养了一条狗，有它的陪伴让我很安心。过年放假的时候我带着狗回去了，特别开心。我还带了很多礼物给他们，回家之后也会按时起床，打扫卫生……都顺着他的心思做事，我觉得我各方面都已经做得很好了。就这样一直到了初二的晚上，他喝多了，突然冲进我的卧室，特别愤怒地要抽我的狗。我特别在意这条狗，对我来说它是一个让我灵魂更完整的伙伴。所以我当时特别生气，初三的时候我就打车带着狗走了，从那之后我再也没有回去过。

最初我爸还试图跟我道歉，但这个疙瘩一直没能解开。后来我的心里也缓和了，逐渐松口了。有一次，刚好我要搬家，想把狗送回去让他们养一段时间，因为我妈马上要退休了，我怕她闷得慌，想着给她找点事干。

可我把狗送回去之后没几天，他们在完全没有经过我同意的情况下，就把狗送回农村老家了。在农村老家，一开始家里的亲戚会觉得这条狗很可爱很新鲜，因为家里养的都是土狗，但是过一段时间肯定就不管了，之后它很可能就吃药死了或者出别的事。再一个就是它在院子里养惯了，再回来住楼房会很难适应。他们根本没有考虑这些事，连狗粮都没带就把狗送到农村去了。我知道后让他们连夜把狗给我送回来了。这件事情发生之后我们的关系又恶化了。

小路同学：其实我一直很理解我爸这种情绪化和暴躁的性格，这些让他在工作上也不是很顺。他的性格很刚硬，很有血性，有理想，很清廉，我很欣赏他的工作风格。后来他在工作中发生过一些很不如意的事情，导致他很难施展拳脚和抱负。可是，我真的无法理解他为什么嗜酒成性，专门来为难家人。所以，我们始终无法沟通。

有一年他过生日的时候又喝多了，发短信问我国庆回不回家。我当时还在气头上，没回短信，第二天他直接发短信跟我说断绝父女关系。

我内心已经压抑很久了，看到之后我说了一句"行，就这样吧"。所以，我现在不知道该怎么解决我和他之间的问题。

听了这孩子的叙述，我太心疼她了，这孩子怕是传说中来给父母"还债"的吧。

　　让我感动的是，这孩子一直在说她理解她爸工作中的不顺。我真想狠狠地把她爸批评一顿，可是我还是尽量控制自己的情绪，劝和不劝散啊，尤其是父女。

倪　　萍：其实你爸也挺可怜的。你受了委屈，却救了你爸，你是天底下最好的孩子！

　　　　　你们三个是老天安排的一家人，你是来报恩的，甚至是来拯救他们的。再退一步说，你现在如果不改变你的这些想法，等他们离开这个世界之后你会后悔的。这种后悔可能会是一辈子的，你在心里没法跟任何人说，除非你将来找一个能倾听你的爱人。如果将来你成了家有了孩子，你肯定也会很幸福，你会避免原生家庭的一些问题再次上演。当你自然而然地想起他们时，涌上心头的有爱，也会有痛。

　　　　　你看我这样说你能不能接受，你先调整自己，像这种打狗的事啊，确实一般人很难原谅。但是你不得不原谅，因为他们是你的父母。

　　　　　我身边有三个和你差不多大的孩子，他们小时候都被各自的父母打得很凶。那两个男孩子每次放学以后，一看爸爸脸黑着回来了，就吓得直打哆嗦，因为他们知道要挨揍了。另一个女孩，有时候她不听话，她爸爸上来就是一巴掌。但是这三个孩子现在都特别孝顺。起初我都有些不信，怎么现在你们三个能这么孝顺呢？孩子你知道这是为什么吗？仅仅是因为他们孝顺吗？其实是他们做儿女的格局大了。不去记父母的各种严厉，只是告诉自己，父母不容易，体谅加上爱，同时在心里为自己铺平一条路，不然你会越走越窄，越走越痛苦，你会有无数个想不通。你可能连他的一点好也想不起来了，心里全是愤怒。孩子，这样活你就太痛苦了，你要试着换一个活法，因为你与父亲的关系已经无法改变了。

小路同学：我唯一能想到的出路就是先摆脱原生家庭带来的压抑氛围，逐渐过好自己的生活，不要像以前一样性格那么阴郁。我以前是有点抑郁症的，我现在算是一个正常的社会人了。

倪　萍：孩子，我很理解你，你这么懂事确实容易抑郁。在这种家庭长大的孩子一半会是你这样，还有一半就像我刚说的那三个被打的孩子那样。你知道他们是怎么说的吗？他们说："看着爹娘老了，也挺可怜。这一辈子也没有别的本事，就有本事冲自己孩子发脾气，就只能在家里横，也没有读过多少书，就没有这方面的修养。我再不理解他们，就没有任何人能理解他们了，我是他们唯一的孩子。"我当时听他们说了这些话，除了感动，还从心里敬佩他们！多么好的三个孩子，他们的父母是多么幸运的父母！

倪　　萍：这三个人全是独生子女，跟你的情况特别像。

我觉得你要自救。孩子，你要是不救自己，将来也很难建立属于你自己的幸福家庭。

如果你做另一种选择，从此不再理他们了，可不可以？当然可以。但是等他们去世了，真正离开了这个世界，你心里的这块石头就一辈子都搬不开了。孩子，你千万不能跟他们继续较劲了，你应该主动回家。父母的能力越来越小了，他们对你的态度也会越来越好的。他们没有本事了，身体也越来越差，没有和你较劲的那个能力了。

我觉得你爸爸应该也看透人生了，不会再寄希望于仕途上了，那他面对的只有一个你。你爸爸这种性格，不可能向孩子低头，所以真别指望你爸说"孩子我真对不起你，我过去对你怎么那么不好"。但他现在心里是紧着的，心里会比你还痛苦，因为他太明白跟你的关系了，他是拧巴的。他不会向你低头，也不会主动说："闺女，来让爸爸抱一抱你。"但是你可以，你爸爸现在在你面前是弱者。

倪　萍：你这样做，看似为了父母，其实也为了你自己，不然你会在家庭关系上把自己捆得越来越紧。另外我还要劝你，一定要积极地去建立一个属于自己的家，像你这么聪明的孩子，找一个老公，生一个孩子，养一条小狗，这是天底下最美的生活了。你父母可以继续过他们两人的生活，他们能健康长寿活到 90 岁不住院，这是你的福气啊！

你想过吗？如果他们将来生病住了院，你要不要管？即使你不谴责自己，社会也要谴责你。即使你不认为他们是因为你病的，但也有你的因素啊！现在你们父女俩相互折磨，你爸爸内心一定是后悔的，他这种性格就是一边后悔一边犯着错误。你以为初三你哭着领着狗走了，他不难受吗？那个年他肯定也没过好。

他们这种人就是这样，惹了事没有能力承担，只能是心里窝囊。这种窝囊日子过久了就成病了。每个人身上都有坏细胞，激发坏细胞的因素是什么？是憋闷，是不快乐。你是否愿意让他们健康地、有质量地活着？

小路同学：对，我现在最担心的就是他们的身体。别的没什么，身体健康是第一位。

倪　　萍：你们现在这种关系他们也很难过，他们又不是傻子。

　　　　　"我闺女不理我们可太好了"，这可能吗？

　　　　　你父母再能活也活不过你，你就必须主动呀。他是不是

　　　　　给了你生命？你庆不庆幸自己活着？

小路同学：哎哟，我不庆幸啊！我小的时候老是在想，如果我妈生

　　　　　的不是我，如果我妈没有跟我爸结婚，我是不是就不用

　　　　　活在这个世界上了。其实我之前也研究过父母有恩论还

　　　　　是无恩论，我有时候会觉得我活着不是我主动的选择，

　　　　　而是被动活在这个世上的，但小时候也没敢死。

　　小路同学这样说，真让我心酸。我们做家长的真的要反思，我们以为孩子小就没有什么想法，我们以为我们是家长，孩子就必须无条件听我们的，我们想过孩子也需要被尊重吗？父母生了她养了她，她却过得如此不幸。我只能继续宽慰她，但我的心在滴血！

倪　　萍：孩子，我懂你，但你也想想，你现在的一切，不仅仅是

　　　　　靠你自己努力的结果。你的身高是你努力的吗？你这个

　　　　　乖巧的样子是你努力的吗？你这么健康、完整的身体，

还有比谁都灵光的脑子，是你自己努力的吗？都不是吧。
这些大多是父母遗传给你的，心里要有这个账簿。

倪　萍：好孩子，你回趟家其实真没那么难，今年过年回趟家，
　　　　跟父母只谈吃喝玩乐，不谈正事。你仔细地看看你的父
　　　　母，他们已经老了。我小时候，真是有一肚子的委屈，
　　　　因为我妈重男轻女，特别偏向我哥哥。我们俩睡上下铺，
　　　　我哥哥睡在下铺，我睡在上铺，我妈说是因为我哥哥咳
　　　　嗽。我妈早上起来给我哥煎一个鸡蛋，然后再用那个油
　　　　锅给我炒点白菜，拌上剩米饭吃。我们家那时候订那种
　　　　小瓷瓶装的牛奶，我哥喝完牛奶，我妈就在牛奶瓶里倒
　　　　上点水涮一涮叫我喝，我特别生气。

　　　　但姥姥跟我说："你妈是不是连这个涮瓶子的水也没
　　　　有？"我说："她像个后妈。"姥姥说："你妈没有钱，
　　　　买不起两瓶牛奶，你哥咳嗽。"

　　　　要是按照正常的思维，两个孩子一人一半也好啊！可如
　　　　果这么想，我就会永远恨我妈。但我一点都不恨，为什
　　　　么呢？

　　　　我在《姥姥语录》里写过这样一个片段：过去我们家有
　　　　个脸盆架子，红木雕刻的架子中间有一方上好的玻璃镜
　　　　子，镜子的下方有两团原色的水磨石花。有一天，我正

在照镜子，姥姥红着眼睛跟我说："这个脸盆架子是你爸妈结婚的时候买的，这个家里的家具中你妈最喜欢的就是这脸盆架子了。"

倪　萍：姥姥指着架子的四脚说："孩子，哪有这样的后妈？这个架子腿原先是四条刻花的抓角，从你自己开始梳小辫儿时起，你妈就开始一寸一寸地往下锯，为的是你能照上这个镜子，从镜子里能看见你自己，既不用踮脚也不用驼背，你妈比你高，你合适了，她就得驼着背梳头；后来你长高了，你妈又用碎木头一寸一寸地往上钉，为的是你不驼着背照镜子；再后来你长得比你妈高了，为了你梳头方便你妈就踮着脚；直到你离开这个家，镜子的高度一直都是最适合你的，可对你妈就一直是不合适的。"
我那时候哪里知道这镜子是跟我一起在长的，就记着我妈没有给过我一口好气，只要对着我就是黑脸。就像姥姥说的，我妈是"给人块糖吃，也得抹上辣椒"。
我妈如今90岁了，她现在对我特别好，好得让我都有点难受，小时候她对我可凶啦。但我早就不怪她了，她把我们兄妹俩都拉扯大了，这本身就不容易。
原谅父母，这是给自己的心松绑。就像两条绳子结了疙瘩，你使劲扯，用多大力气你都扯不开，你生气，不理

它，这个疙瘩也不会消失的。可你主动把它拿起来，好
好琢磨一下，换换角度，换换方法，不较劲，心平气和的，
这个疙瘩自然而然也就解开了。

2. 谁都没法一下子改变

我始终觉得，任何道理想法做到"知行合一"才有价值，不然
明白再多道理也没用。可在生活中，我们绝大多数人都知易行难。
有的人是知道怎么做，却不去做，有的人压根儿就不知道怎么去做。

小路同学：我现在不知道怎么做，就算我去主动跟他们联系，也真
的不知道应该如何去沟通。我没有办法保证我在家的时
候我爸不喝酒，因为他几乎每天都在喝酒，他喝酒之后
又没有办法保持清醒和理智，然后就说不通，没法交流。

倪　　萍：那你就做好思想准备。你知道他喝了酒会闹事，就在你
爸还没喝的时候跟他说："老爸你今天晚上又要喝酒了，
岁数大了少喝点哈！我今天晚上有点事，太晚了就不回
家了。"逃离这个可能发生冲突的空间。你可以去酒店

开一个房间，第二天再回来，毕竟在家才待几天。

倪　　萍：我建议你先这样，比如说你爸爱吃什么，或者爱喝什么，或者你妈喜欢什么样的衣服，在回家之前你先买一些东西邮寄回去，说："我最近在网上正好碰到一些东西特别适合你们，我就顺便给买了。"父母没有不动心的。孩子，哪怕你就买两罐奶粉他们也开心。

小路同学：他们当时会很开心，但是日后该怎么样还是怎么样。

倪　　萍：几十年的习惯，改变肯定很难，一点点来吧。你可以尝试在回家的时候特意给你爸买一瓶好酒，你说知道爸爸喜欢喝酒，就硬着心买了。少喝一点哈，岁数大了，健康最重要。孩子你试试，你爸爸、妈妈的心不是石头做的，会柔软的。

小路同学：看来我之前是太心急了，我之前有过这种做法，但是因为没得到想要的效果，马上就灰心丧气了。

倪　　萍：孩子你想呀，别人二十多年积攒的一个喝凉水的习惯，你突然给他倒一杯热水，他要很久才能适应呢。而且你又是这么一个内向的人，所以不用太着急。就算最终他没有改变，你也不会失去什么。

小路同学：哎，真的是这样。

　　面对小路这样的孩子，我真觉得人生有命运一说，这太不公平了。

倪　　萍：我和你一样，我跟我妈之间也有个结，我也在试着慢慢解开它。

　　　　前年过年回家，我妈就开始让我跟她睡一张床，我跟我嫂子说："天哪，我都60多岁了，从没跟我妈睡过一张床，我也没跟我妈拥抱过。我姥姥在的时候，我整天躺在姥姥床上，趴在我姥姥身上，但我从来没跟我妈这样亲密过，因为她太严厉了。"

　　　　晚上我妈把我的被子和她的被子铺在一张床上，这就是告诉我今晚睡这儿。

　　　　我这肯定得去吧，我就尽量拖，我说："妈，你先睡，我有点事。"等到十一点多，我很困了，我觉得自己躺那儿就能睡着。可我一宿都没睡着，我妈一会儿给我扯扯被角，一会儿把被子往里掖一掖。我都不敢动，我怕自己一翻身，我妈马上开始跟我说，孩子过去怎样怎样……我怕她说这些。那一晚上我几乎没睡，好不容易熬到早晨六点起来。

　　　　第二天，我不想跟我妈再睡一个屋了。

倪　　萍：我就想啊，我得给我妈把这心结解开。

今年回家，我已经发展到和我妈拉着手在院里走，我妈现在 90 岁还能走五六百步呢。实际上我内心有没有你这种无数的委屈？肯定有过。

我上中学的时候曾无数次想过放学不回家。其实也不知道上哪儿，就是不想回家。但是我又想起姥姥说的话，"你妈是没有钱了，要是有不能这样对待你"。

父母和孩子之间的很多矛盾，真的不是说随着时间流逝就渐渐忘记了，因为越放越沉，这个东西是忘不了的，那个后劲儿会越来越大。

小路同学：我之前就听朋友说过，她身边 40 多岁的人也还是会说起原生家庭的伤痛问题。无论长到多大，那都会是一个坑，早晚是要填的。

倪　　萍：每个人的经历都不一样，但总得给自己的内心找到一种平衡，再一步一步地做些具体的事，去改变。那些绑在心上的东西，慢慢就松了，不知不觉，怨就少了，自己心里也没那么痛苦了。成年人，就是要学会慢慢地自我疗愈。

3. 父母可能曾经也是受过伤的孩子

　　小路虽然和爸爸没法沟通,但是她还是不断尝试着去理解他,不光能看到他工作上的挫折,也同样剖析过爸爸原生家庭的伤。只是作为女儿,她还是会为自己受到的伤害感到难过,难以释怀。

小路同学: 我的爷爷在我爸上初中的时候就去世了,我对爷爷了解很少。

倪　　萍: 啊,难怪,你爸很小的时候就没有父亲了。

小路同学: 是的,我爸他们姐弟五个,他是大儿子,上面有三个姐姐,下面有一个弟弟。我小时候一直忍着爸爸的脾气,大学的时候有一次放暑假回家,也是因为一件小事情吵起来了,然后他就说了一句:"我从小就没有爸爸,我也不知道怎么当爸爸,你就凑合着吧,我就这样。"
我当时就觉得很烦,凭什么你自己的伤痛没有治好,就要传给下一代,我做错了什么啊?您这么一说,我就更理解了,我出生可能就是为了治愈他们的。但是,我觉得我的压力真的好大呀!

倪　　萍: 小路,你已经是个大人了,现在可以跟他平等对话,也

可以照顾他。父母老了也可能要看我们的脸色，这是一
个角色逐渐互换的过程。

倪　　萍：孩子，你现在比他们强大。你一个20多岁的孩子去跟
60岁的老人战斗，你肯定是强大的呀。因为你是真正强
大的人，所以要以你的优势帮助他们，化解矛盾，托住
他们。你要是以自己的强大去任性，去对付两个老人，
这也是很不公平的呀。

小路同学：对啊！这样相当于是用小时候他们对待我的模式对待他
们，这样是反暴力。

倪　　萍：他们真的是弱者。你看我，以前从来没有觉得自己老了，
可有的时候，给儿子发微信，半天没收到回复，我坐在
那儿眼泪哗哗地往下掉。我知道他学习忙，可还是会想，
才几天啊，他就长大了，我抱着他去看病，也是没过多
久的事啊！
我才意识到我是个弱者，还一直以为自己是强者。实际
上他20多岁，我60多岁，我不是弱者，我是什么？
每个人跟父母的关系都是这样，随着你渐渐长大，你会
成为一个强者，他们会日益衰老，你能逼着一个老一辈
儿的人向小辈儿低头吗？特别是像你爸爸这种性格的
人，对他来说，面子比天大啊！

小路同学：我现在觉得这么僵着，可能真的还是在闹小孩脾气。我
　　　　　太幼稚了，性格不成熟。

　　听她这么说，我心里真高兴，我知道，这孩子的心渐渐通了。

小路同学：他们其实把我保护得很好。我爸虽然说会跟我发脾气，
　　　　　我妈也没有办法管好我爸这个脾气，但他们给我营造出
　　　　　的家庭环境是很清朗的，我被保护得很好。

倪　　萍：孩子，你想过吗？你父母之间那么冷漠，他们却没有
　　　　　离婚，根本上是不是想让你在成长中有一个完整的家？
　　　　　如果是这样，他们也挺伟大的。特别是你妈妈，你不
　　　　　高兴了，可以离开这个家，你妈妈呢？死活都得在家
　　　　　苦熬着。她是为了你啊，孩子！你妈妈真了不起，你
　　　　　该知道心疼她。

小路同学：对，但是我心里还是没有真的过去，我需要切实去把刚
　　　　　才说的话付诸行动，去跟他们沟通。我内心还要再消化
　　　　　一下，还要再反刍一下。明面上的一些道理我都懂，但
　　　　　我其实是一个很别扭的人，我得自己解开这个心结。

倪　　萍：你现在的情感生活是什么样的呢？

小路同学：可能是受我爸的影响，我感觉自己对男性一直有一些恐

惧和阴影。还有就是在新闻上看到一些社会暴力事件，也会让我越来越难以去面对谈恋爱这个事情。

倪　　萍：我懂你，孩子。

像你这种性格，恰恰更需要有一个好男人来保护你。你身上有很大的潜力，把你心里这条道走通了，自然会找到这样的男人。不能老想着可能会遇到像你爸这样的人，你再找到这样的人怎么办。你老想那些不好的事情，就会被这些阴暗的东西笼罩着，那多傻呀！你还不知道人家幸福的男女是什么样，幸福的家庭是什么样呢。

你之前过够了这样的让你觉得心灰意冷的生活，今后一定不会再是这样的生活。善良的、顾家的、性格温和的、情绪稳定的好男人太多了，你是有这个条件去寻求的。

小路同学，你知道我有多盼望你的好消息吗？到时候一定要告诉我，我去参加你的婚礼。

人生问答题

如果你和父母的关系僵硬，你打算如何处理？

A. 拉开距离，减少沟通，避免争执，做好自己。

B. 主动联系，调整沟通模式，缓和关系。

‖ 后来的我们 ‖

　　非常荣幸能与倪萍老师聊聊，并获得倪老师的点拨和指导。像我这种小孩，可以承受的恶意和冷漠总感觉是无上限的，但哪怕一点点善意和温暖都能立刻让我破防。

　　"聊聊"以后已经过了近一年时间，好消息是现在我谈恋爱了，捕获到一个虽然粗犷但会认真对待和包容我所有负面情绪的男朋友。他陪我一起度过了与原生家庭对抗的至暗时刻。曾经的我崩溃到什么程度呢？就是大脑已经在有意无意地自动删除一些记忆，有好有坏，现在我只能记得那段时间所发生的事情的一些碎片。他和我一起，我就不会孤单，不用再独自一人对抗这些负面情绪了。

关于"聊聊"中提到的核心问题"难以沟通的父母"，我现在报以"躺平"态度。痛苦的根源只有两个：执念和物质基础。后来我想清楚了，世间一切情感关系都没必要执着于其本身，无论是朋友、恋人还是家人。需要在意的其实应该是自己：自己的想法，自己的感受，自己的现在和未来。而让别人虽然抗拒但不得不服从你的唯一方法，就是使他们的生存必须依赖于你。这就是小朋友容易被控制或容易被原生家庭伤害的原因，他们需要在经济上依赖父母，没有选择。反过来也是一样的，完全一样。

希望我们都正走在强大自我的路上。

——小路同学

如何解开和亲人之间的"疙瘩"？

	昵称：蕾
	年龄：55 岁
	婚育：已婚已育
来访人小档案	职业：民营公司老板

　　蕾比我小几岁，是个成熟大气的女人，有知识，有见识，举手投足间透着自信和从容。

1. 敢于向孩子认错，也要敢于批评孩子

我和蕾一见面就拉起了家常，就像经常见面的老朋友。

蕾看起来很像北方人，聊过之后才知道她的祖籍在苏州。蕾毕业于北京大学，现在经营着一家高新技术企业，可以说是事业有成，生活富足。

蕾对自己的评价是：不能算是很成功，但是如果现在不工作了，挣的钱也能很好地生活了。

蕾：我和我爱人原来一直特别坚定地要做丁克，但现在我们的女儿已经 11 岁了。

倪萍：是什么原因让你们改变了想法，决定要孩子？

蕾：2009 年，我 96 岁的姥姥生命垂危，我们家所有人都回去了，一起守着姥姥，一直到心电监护仪上的波浪线变成了一条直线。姥姥去世后，我老公开始整天唉声叹气，他觉得等我们老了，身边都没有一个能送我们走的人。所以我们开始下定决心要孩子，我生下女儿的时候已经 44 岁了。

女儿出生以后，我们都很宠爱她，也很注重对她的教育和

培养。她小时候我们带着她去过国内很多个城市，随着她慢慢地长大，适应力强了，又带她去了十几个国家。每年寒暑假，"五一""十一"小长假，我们都会带她到处走，带她增长见识。

天哪，她是一个勇敢、幸运的母亲！

倪　萍：太好了，我也觉得增长小孩的见识真的很重要，增长见识的重要性有的时候并不比学习低。小孩有见识和没见识，对问题的理解很不一样，学习的能力也会不一样。

蕾：是啊，除了给她增长见识，我还会让她亲近自然，多做户外运动。而且我原来担心她的体质不好，所以从小就会要求她要多在户外接触大自然，跟泥土、石头、植物多接触。

倪　萍：这样特别好，你考虑得特别全面，是个好母亲。

蕾：可就算是这样，我和女儿还是会冲突不断，她也不太听我的话。我们什么事情都跟她商量，比如说她在学校的"2+2"课程怎么选，我就会帮她分析，从她的优势出发，有几个选项。如果这些课选不上，建议她第二方案选些什么，能发挥她特长的，又是她喜欢的。

但到了学校选课的时候，她就拿班主任的手机给我打电话

说："妈妈，我觉得'2+2'的课程我应该选法语和花样
滑冰。"

蕾：她选花样滑冰的理由是她从小学舞蹈，但没接触过冰场，
这样她可以在学滑冰的同时发挥舞蹈优势。还有我让她选
一门艺术语言类的课程，她觉得我们在国外的时候，我能
用英语流畅地与人交流，但法语不行，她就想学法语。但
这些都不是我们最初商量的要选择的课程。

倪 萍：你就偷着乐吧！孩子有主见是因为她有脑子，见过世面。
敢于自我选择是自信啊！我们做家长的总愿意把自己想要
的东西加在孩子身上，其实他未必喜欢也未必需要。你女
儿这么小就知道遵从自己的内心，多难得啊！

蕾：是的，原来没孩子的时候，总听人说孩子是我们的老师，
我们能从孩子身上学到很多。最初我很反对这样的观点，
我觉得孩子怎么可能是我们的老师？而现在确实在跟她相
处的点滴里，感觉到还是有很多值得我们去学的东西。我
也改掉了自己的很多问题。原来跟我老公相处我会比较强
势，我总觉得自己是对的，但在跟孩子相处的过程中，发
生的一些事情会促使我改变。

倪 萍：你在女儿面前强势吗？

蕾：也有点强势，但我慢慢在改。在她小时候，我一直提醒自

己，要尊重她，多听她的意见，但在真正面对种种选择的
时候，心里还是会有点不太满意她的选择。比如说她不愿
意在国外读书，就回来了。虽然前期我们做了很多准备工
作，但她说不想在那儿读，那我们就转回来。原来那个学
校我也有不太满意的地方，但还是采纳了她的意见，因为
她是凭自己的努力考上的。

蕾：再比如说，有时候她不好好做功课，我就会踢她的椅子。
她坐的是一把转椅，我会给她踢转过去。

倪　萍：父母对孩子并不是说连椅子也不能踢，虽然这有一点暴力，
咱们不提倡，但不至于说连生气也不行。你对孩子一点要
求也没有，这样的孩子将来也会有很大的问题，因为他的
世界观没形成，他真的不知道好歹。家长不能一点都不引
导，随便怎么样，只要他快乐。童年只有快乐是不行的，
孩子需要慢慢养成好习惯。只是在方法上我们要改变，家
长与孩子建立好朋友式的关系最智慧。
如果你想让他将来长大之后成为一个受欢迎的人，首先他
要乐观、阳光、自爱。自爱就会有自律，做事情就知道要
替别人着想。这都是天生的吗？当然不是。这是家长引导、
帮助，或者教育的结果。孩子有做得不好的地方我们就告
诉他不能这样，你这样做我为什么生气。单纯的快乐教育

挺难的，以后父母和孩子都可能会后悔。

蕾：您说的我都特别认同，真的深有感触。但我女儿曾经跟她
　　小伙伴的妈妈说我特别暴力，每天都打她。我后来问她，
　　我什么时候打她了。原来她认为我踢了她的椅子，我摔了
　　她的书，或者在她的桌子上"咣、咣、咣"敲了几下，就
　　是对她使用了暴力，就是打了她。这要怎么办呢？

倪　萍：哈哈，这就是孩子，他们跟小伙伴表达的方式就会很夸张。
　　你是不是可以试着坐下来正式地跟她谈一谈？你可以直接
　　跟她说："本来你干了件什么事，我是真可以打你的，但
　　是我没有打你，我踢你的椅子是为了表达我的不满，这和
　　打你是有区别的。你做的这件事都有哪里不对，如果你这
　　样发展下去，将来在同学、朋友中会成为一个令人讨厌的
　　人。"你就把她犯的这个错误的实质说出来，让她知道你
　　的反应也是迫不得已的，你聪明的女儿一定能听懂。往后
　　再犯同样的错也正常，成长就是不断纠错的过程，我们不
　　也是这样吗？

　　有些时候别让孩子觉得一点都不能说，一点都不能发火，
　　这样的话，孩子慢慢地会肆无忌惮，尤其女孩子肆无忌惮
　　起来会特别可怕。

蕾：现在在教育孩子的问题上，我是我们家唯一一个红脸的。

孩子做了什么不好的事情，我老公、我妈妈不去正面管教她，而是会偷偷告诉我。他们就怕跟她搞不好关系，我觉得他们有点像在讨好孩子，什么都不敢说。比如她现在上学，她不愿意寄宿，想走读。每天晚上八点多钟才将她接回来，第二天早晨又要送她去上学，都是她爸爸送。她本来应该是回学校吃早饭的，我老公却放任她，带着她到各种餐厅吃她想吃的早饭。她现在都不要我送，就怕我不允许她在外面乱吃。

倪　萍：你们在这个年纪，有了一个宝贝女儿，肯定会特别惯着她。但我觉得真的不能一个特别有原则，一个特别没原则，这会让孩子没有是非观念，不知道对错。她不知道妈妈是对的，还是爸爸是对的。你和你爱人要统一战线，不然孩子真的不认为她这样出去乱吃是不应该的，因为是爸爸陪着她去的，对吧？妈妈说不行，爸爸却说可以，她自己会乱的。

蕾：现在就看得出来，其实孩子遇到什么事会比较依赖我，她觉得我会帮她解决问题。她爸爸只会惯她，比如说前一天晚上我很严厉地训了孩子以后，第二天她爸爸会跟她说妈妈更年期、神经病。

倪　萍：哈哈，你老公这是典型的讨好女儿的行为，这容易让孩子没有判断力，她就会盲目地认为爸爸比较好。她以后对待别人的时候，会以爸爸的想法为标准，这可能会影响她的价值观，所以要赶紧跟你爱人谈清楚。如果现在孩子 18 岁了，有独立的判断能力了，那无所谓。但她现在才 11 岁，真的判断不出对错，会特别单纯地觉得妈妈这样做是不对的，爸爸这样做才对，长此以往那还得了。

倪　萍：我这当妈的特别有体会，孩子都是聪明的，知道谁在家里说了算。你不必那么卑微，你要确定昨天这件事情你是对的，那第二天就不用讨好她。如果这一整天她不主动找你认错，那你就冷落她。你以为你冷落她，她会无视你？不会的。

如果有的时候的确是你脾气不好，反应过激了，那就跟孩子承认错误。敢于主动跟孩子承认错误和敢于批评孩子一样重要。你就实事求是地说："这件事情我应该批评你，但是我这样对你发脾气是我不对，我为我的坏脾气向你道歉。妈妈是个人不是台机器，情绪上有时候把握不住自己，这是个一定要改的毛病。但这件事情本身你还是有问题的，你的错误也要改正。"

孩子在是非上也是讲道理的，要让孩子知道你不许他以后再犯同样的错误，闹情绪也解决不了任何问题。把孩子当成懂道理的大人去沟通，才更利于孩子成长，因为孩子都听得懂。

2. 为了不让自己后悔，对妈妈再好一点

倪　萍：你对自己的人生满意吗？

　　蕾：不满意。其实身边的同学、朋友觉得我应该很满意了，但其实我内心有很多的不满意。

倪　萍：最不满意的是什么？

　　蕾：最不满意的可能是我跟妈妈之间的关系。虽然看起来我们母女关系很好，可我心里明白，我们的关系并没有那么好。我妈妈 30 岁的时候才有了我，但我从小在姥姥、姥爷身边长大。我妈妈今年 85 岁了，她的性格很强势，可能是因为她各方面都很优秀。她原来读大学的时候是学生会的骨干，文艺、体育都不错，学习也很好，还是保送生。后来做原子能相关的工作，做到了总工程师。现在退休了也还经常演话剧，参加诗朗诵之类的文艺活动。

　　　　我有什么事情都能跟我姥姥甚至跟我小姨畅所欲言，我有什么不高兴的事就直接跟她们说，我有什么要求也直接跟

　　她们提，但我跟妈妈相处起来就会有点客气。有时候别人
　　觉得我有表现不错的地方，但妈妈却觉得没什么。

倪　萍：哈哈，怎么和我妈一模一样？太强势的老太太不好伺候，
　　而且她又在那个位置上。

　蕾：对，我爸爸已经不在了，她只有我了，我也会尽心地照顾
　　她，只是我们两个人之间总像是隔着点什么。

　　看到蕾和母亲的关系，我就像看到了另一个自己，所以特别
希望我的经历能对她有些帮助，或者让她宽一宽心。

倪　萍：我很理解，但不管怎么样，有妈妈在是件很幸福的事情，
　　无论如何都要咬着牙对她再好些。她还能活多少年？真走
　　了你会后悔的，那个疙瘩就长在你心里了，没有人给你解
　　开，因为没有机会了。
　　我跟我妈也是性格不对付，我跟姥姥的关系特别好。姥姥
　　在我们家的时候，我下了班回家后，一定要到我姥姥的床
　　上躺着看报纸、聊天。有的时候我在姥姥的床上睡会儿，
　　她就坐在我旁边，我感觉自己像是在海滩上躺着，那时候
　　其实我已经40多岁了。我跟我妈在一起的时候就不会这样，
　　只要我妈在屋里我就会习惯性地绷紧了，老老实实地坐着，

根本不可能躺下。我在潜意识里对她有些排斥，因为从小
我妈就对我特别严厉。

倪　萍：你看，我妈脾气再不好，对我怎么样不公平，但她是我妈，没有她哪有我，而且她已经90岁了，还能活多少年？咱们俩的情况真的差不多。所以，我觉得就算为了自己，也得努力对妈妈好。

蕾：我从前看您的《姥姥语录》那本书，我就跟人说，我跟我姥姥、姥爷也是这样。在我小时候，姥姥被下放到小镇边缘的公社里的小学。她从小没走过泥泞地，每次一下雨，她只要去上课回来准摔一身泥。姥爷在公社的医院里面上班，每天要在医院里晒中药，南方老是一阵阵地下雨，下雨得把药收起来，太阳出来就得晒出去，反反复复的，很折磨人。

我那时候是保姆带着在城里住，有的时候会去看望他们。姥姥在身边的时候我会睡得特别踏实，我靠着她凉凉的手臂觉得很舒服。等到我上大学了，也特别愿意回姥姥、姥爷家，喜欢黏着他们，心里特别亲。可我跟妈妈并不会这样，我妈妈本身可能比较优秀，而且她从来没有夸过我，或者在别人面前表扬我。

只有一次例外，是在几年前我女儿学画画的时候，她正要参加比赛，但有点退缩。我为了鼓励女儿，随手拿起笔画了一张。我女儿的绘画老师觉得我画得不错，就问我学过多长时间画画。其实我没学过，就是在学校里面上了几节美术课。我妈妈说："她画画有点天分。"当时我已经快50岁了，这是我妈妈第一次夸我。

倪　萍：我妈也是这样，我看她们是亲姐俩，哈哈。但是换一个角度，我就能说服自己。我的坚忍、坚强、勇敢、自律，这些好的品质都是我妈给逼出来的。我如果一直在我姥姥身边，可能就不是今天的我了，因为我姥姥太温柔了。

而且你要相信，你妈妈肯定很爱你，只是表达方式不一样，她可能一句话就能把人说得不想靠近她，但她心里是惦记你的。我说出来你可能都不相信，我一辈子都没跟我妈妈拥抱过。

蕾：对，我也是的。去年我们给妈妈办了一个生日会，请了几十个人，其中有一位学过心理学的朋友，就让我拥抱妈妈，让我看着妈妈的眼睛说一些心里话。

但我还是不行，最后我让妈妈坐下，然后我坐在沙发扶手上，就从后面用胳膊环抱着她，我还是不能面对面地去拥抱她。他们让我跟妈妈讲点心里话的时候，我还是情不自禁地说我从小是在我姥姥、姥爷身边长大的，我可能一直没跟妈妈生活在一起，但还是觉得妈妈在苦难中磨砺出的坚韧品格对我影响很大。

倪　萍：当然！父母是孩子一生的老师，不然你不会做事那么努力。

蕾：我觉得我也不够努力，但是就有那种斗志。

倪　萍：这斗志还是父母给的。所以老天爷是公平的，你可能在某些地方失去了一些东西，但是他会从另一个角度给你补偿一些东西，有时候这种补偿你都意识不到。你看上去失去了，实际上获得了；你看上去获得了，实际上又失去了。

蕾：谢谢您的分享，现在想想还真是这样。比如说我参加同学聚会回家晚一点，静悄悄地进了家门，一看我老公在打呼噜，孩子可能也睡了，阿姨也睡了，我妈妈的房间肯定是亮着灯的。她不会开房门，听见我洗漱的声音，她再关灯，但是我会注意到。我知道她是惦记我的，所以在生活上，我真的会尽全力照顾她。

有一年夏天，我们全家要去美国，整整两个月的假期我会按照她提出来的要求做好计划，给她安排好旅游路线，给她选好能看海景又带阳台的房间。她还说要去加勒比海坐游轮，那我就再做好功课，告诉她哪条线是人文景观，哪条线是自然景观，哪条线有什么特点，然后让她来选择。我那时候为了安排这些事情，每天都跟当地人对接，基本上都要到凌晨两三点才睡。

所以，在这些方面我都是尽量去对她好，在物质上给她保障，包括现在她有各种活动，我都可以放下我手中的工作，去很用心地做好她的后勤保障。但是我心里总觉得我们之间好像有个结，这要怎么去解呢？

倪　萍：你已经做得很好了，比我好太多了。

你是你妈妈唯一的孩子，所以也就没有摆脱她的可能性。从人道上、伦理上以及你的修养来说，你都务必要全盘接受你的母亲，而且要比你从前对她好几倍。慢慢地你会发现，年迈的母亲很可怜，因为她现在没有依靠，老伴也去世了。你们母女俩都是很强势的人，她曾经对你强势，她内心一定觉得对不住你，但是她在面子上又不会跟你说"孩子我做错了"。

你对她越好，你的内心就越宽松，这个结只有你自己去解，不能指望你妈去解，不可能让她去改变。

你试着换位思考一下，假如你是妈妈，你愿意接受女儿在生活上给你安排得很好，旅行也给你安排得很好，参加活动也给你安排得很好，还是愿意精神上你女儿很亲近地对待你，让她每天都黏着你，跟她拥抱，跟她亲近？

蕾：我肯定是选择精神上的。

倪　萍：这样换位一次你就能理解她了。我也特别理解你，因为你不是个小孩，你一下子转变成这样不可能。嗐，挺难的，试着多说点让她听着舒服的话吧。

蕾：我就是说不出来这个话。

倪　萍：哈哈，我太懂你了，我听着都想哭，我也老盼我妈至少再
活十年，我要努力让她精神上快乐，让她温暖。我怕有一
天她去世了，我的痛苦可能不在于她活的时间不够长，而
是最后那些年我有几句到嘴边的爱她的话却没有说出来。

蕾：对，我可能就是意识到自己情感上做不到足够的给予，所
以才在物质上努力去弥补。

倪　萍：哈哈，我也这么拧巴过。人其实活的就是一口气儿。今天
晚上吃什么真的不重要，吃得高兴才重要。

你跟她说："妈，这碗面条我特意给你煮烂了，你吃着是
不是舒服点？"刚开始觉得不得劲，说着说着就得劲了，
就顺溜了。都是成年人了，这还用教吗？可是有我们这样
母女关系的孩子真挺无奈的。

蕾笑了，我也笑了。笑中都有些苦涩，有些委屈。

倪　萍：从某种意义上来说你受到过伤害，这是肯定的，咱们都是
这样。也许心结具体来自什么地方找不到了，但是可以试
着去解开这个心结，这才是最重要的。我说得不一定准，

正好咱俩情况一样，你回去试试。

蕾：谢谢您。别的朋友也曾开解过我，但我都不知道该怎么做，所以做不到。但您跟我说的这些，我真觉得是可行的，我知道该怎么做了。

倪　萍：我们和亲人血脉相连，相处时间多，牵绊也多，难免会结出大大小小的疙瘩。越是绷着，疙瘩就越紧。最后，我们还是得靠自己去解开这些疙瘩，才能舒展地活着。

蕾，等待你的好消息。记得，我和你一样哈，我们一起加油！

人生问答题

如果你和亲人之间有一个一直没能解开的疙瘩，你会怎么办？

A. 选择回避，避免产生更大的矛盾，继续过好自己现在的生活。

B. 调整自己，从具体的小事做起，主动寻求和解，结果顺其自然。

后来的我们

有幸参与《聊聊》这本书，和倪萍老师的交流完全超出预期，我们对很多问题的看法都能达成共识。

当我讲述自己的经历时，她也有共鸣。关于我和母亲的关系，她设身处地地给予了中肯的建议。当我回去后，试着把这些建议运用到实际生活中，结果收到了意想不到的效果，也让我的母亲很惊讶。

希望我的经历对身处同样困境的人有帮助，也期待下一次还能畅快地与倪萍老师聊聊。

——蕾

最亲的人，却给了我最深的伤害

来访人小档案

昵称：凌琳姐

年龄：45 岁

婚育：已婚已育

职业：某私营企业创始人

凌琳姐，她的朋友都这么叫她。从年龄上来说，她算是我的小妹妹。这小妹妹说话声音很好听，清脆又坚定。她是一个让我心疼的人，也是一个让我敬佩的人，她有着高贵的灵魂。我们这一次沟通，她说了很多，我说得很少。因为我觉得她的心是明亮通透的，而她最需要的是倾诉和释怀。

1.把我们伤得最深的，往往是最亲的人

　　初见时，这个妹妹很从容，可接下来听了她分享给我的故事，我却看到了一颗伤痕累累又柔软透亮的心。

凌琳姐：我觉得过了 40 岁以后，有好多疑惑都解开了。我爸爸是您的忠实粉丝，我就是抱着一种聊聊天的想法来的。

倪　萍：哎哟，那时候因为电视频道少，主持人也少，不想记住我都难呦。

凌琳姐：不是的，我们家祖籍也是山东的，所以他对您很有感情。

倪　萍：哦，老乡！

凌琳姐：是的，我家的祖辈是闯关东的。我父亲大学毕业就下乡了，回城后分配到东北的一个三线城市，到中学去做了一名老师。

倪　萍：真的好可惜，那老人家今年多大岁数了？

凌琳姐：他现在已经过世了，如果在世的话，应该快 80 岁了。我妈妈还在。我妈妈从小就是在她奶奶重男轻女的观念下成长起来的。因为家里不愿意给她读书的机会，她每天天不亮，在她奶奶起床之前，就背着书包去上学。上学要走十

里路，走到路中间天亮了，就在稻田里看一会儿书，体力恢复得差不多了，再走到学校去，后来她就从山沟沟里考出来了，最终成了一名医生。我觉得从她的知识水平和个人能力来讲，她在我家乡是很有声望的。我还有一个哥哥，在我妈妈身边。这就是我们家的情况。

倪　萍：那你怎么出来了？

当我问出这个问题的时候，小妹妹发出一声叹息，紧接着向我一股脑儿地倾诉了她的故事。

凌琳姐：我出来纯粹是为了逃离原生家庭。我刚出生不久父母就从乡下回到城市工作了。我是在乡下出生的，当时乡下物资匮乏，导致我营养不良，总是生病，而他们又太忙没有办法把我带在身边，就把我送回了奶奶家照顾。哥哥比我大5岁，我出生的时候他已经能走能跑了，他一直被父母带在身边。所以我和哥哥是各自独立成长起来的，没在一起生活，也没有太多交集。我10岁以后回到城市和他们一起生活的时候，我们两个几乎就是独生子女的状态，很难融洽地生活在一起。

凌琳姐：我妈妈从小接受的观念就是重男轻女，家里头只管男孩不管女孩。她觉得儿子跟着她颠沛流离受了很多苦，而我一生下来就在奶奶家享福。从客观条件上来说，我确实是享福。我们家条件还不错，全家挣的钱都可着我一个人花。所以我妈妈把所有的重心都放在了儿子身上，对他溺爱至极。具体表现在生活中就是，从他恋爱到结婚十几年，全家几口子一直在我家里吃饭，而买菜、做饭、洗碗的人都是我。

最初我在家做家务活儿，是因为高考失利，只考上了一个本地的专科。我爸就说："靠读书是没戏了，把家务拿起来吧，别到时候嫁人也不好嫁。"那时候我爸妈也特别忙，我爸是带高三毕业班的老师，除此之外还兼上一些高考补习班的课程。我妈在医院里基本上是成天不着家的。所以从我 19 岁在本地的学校读书之后，我们全家的饭就都是我做了。

甚至连我嫂子生孩子坐月子也都是我伺候的。嫂子生孩子的时候，她妈家里有孙子要带没办法过来伺候她，于是还没有结婚的我不得不承担起伺候嫂子坐月子并照顾婴儿吃喝拉撒的工作。

听到这儿的时候，我真的很惊讶，又十分不解，这妹妹当时小小年纪怎么能承担这么多！

倪　　萍：这是家里要求你做的，还是你自己愿意的？

凌琳姐：我不愿意，但是没办法，我爸妈太忙了。他们跟我讲："爸爸、妈妈没有时间，你能不能帮帮我们？"我只能同意。

倪　　萍：你真了不起！

凌琳姐：因为我看到我爸妈他们确实不容易，天天在外面有那么多的工作，真的很辛苦。而且如果我不同意做这些事，我哥哥就会回家"作"。我爸妈对他太溺爱了，他有一点不顺心就会回家砸东西。

我妈妈当年勇敢地逃离了她的原生家庭，但她在自己家庭关系的处理上却并不勇敢。她很爱我哥却又很怕我哥，而我哥又很混账。从某种意义上来讲，我哥也很可怜，他是在我父母最困苦的那段日子里和他们一起成长起来的。

我帮哥哥、嫂子的理由，除了帮爸妈缓解压力，也是为了息事宁人。如果我不去帮他们，无论请什么样的保姆，我嫂子他们都不会满意的。其实我们家对哥哥家的付出不只如此，除了我变成了他家的专职"保姆"，我妈妈还要给他们的孩子提供全方位的经济支持。

倪　萍：那个时候你多大？

凌琳姐：20 岁出头吧。

倪　萍：我有点不能理解，你爸爸、妈妈都是高级知识分子，怎么
　　　　没把你哥哥送到好的大学里去学习呢？

凌琳姐：再好的资源他不用心学也没什么用。我 10 岁回到他们身
　　　　边的时候，见到的就是我爸爸把所有的教育资源和期望全
　　　　部倾注在我哥身上了。我爸爸是个才子，他大学学的是俄
　　　　文，除了英文之外，数、理、化全能辅导。

　　　　我爸对我哥哥倾注了所有的精力，足球、篮球、排球、滑冰、
　　　　游泳……所有运动，我哥没有不会的。那时候我家住在学
　　　　校的职工楼里，学校有泳池、天文馆、农场……这些东西
　　　　我们都不用出校门就能享受到，我哥什么都会。

　　　　我小时候想上少年宫学琴或者学一门才艺，我妈就会说：
　　　　“一个姑娘家花这钱学那些有什么用啊？”我爸妈觉得我
　　　　就应该留在他们身边，平时做做家务，然后给他们养老送
　　　　终。用现在流行的词来说，就是“全职儿女”。

倪　萍：对不起妹妹，我接下来说的话可能有些过分，我先道个歉。
　　　　我真不明白，按照你的阐述，你爸爸是有文化的知识分子，
　　　　他不应该这样对你啊！

凌琳姐：我也不懂。

倪　萍：为什么你哥哥拥有这么好的教育资源他却不学习呢？

凌琳姐：我觉得是我父母暴躁的情绪给了他不好的影响。他是从学
　　　　习特别好的状态下一落千丈的，之后就进入社会，跟社会
　　　　上的人混到一起，学到了一种新型的沟通方式——以暴
　　　　制暴。

　　　　他一直在危险的边缘上"作"，还好总归没做出什么特别
　　　　出格的事。

　　　　我爸妈为他操碎了心，也就再没有心思管我了，所以我的
　　　　学习从来没有人管。有时候我会说："你们不能多关心一
　　　　下我吗？"他们则会说："好孩子都不用人管。"

　　说到这儿的时候，小妹妹已经眼眶通红，几度落泪，全然没
有了刚见面时的从容。我也是心里发酸，就这样静静地聆听着。
我知道她这一肚子的委屈最需要的就是倾诉和释放，说出来，哭
出来，心里就通了。我听了这些，除了感到酸楚，更多的是愤怒，
多么不可思议的一对父母啊！

2. 有的人是来讨债的，有的人是来还债的

倪　萍：你哥哥跟你嫂子的关系好吗？

凌琳姐：说不上好或不好，他结过三次婚。他第一任媳妇是一个极
　　　　度贪婪的人。我认为穷人家出来的孩子分两种，一种是极
　　　　度清爽，不卑不亢，另一种就是极度贪婪。我第一任嫂子
　　　　就是后者。

　　　　我哥对他的女人特别好。我爸临终前和我说的最后一句话
　　　　就是"你哥要是过不了女人这关，这辈子不会有任何成
　　　　就"。事实证明，的确如此。

　　　　他们在孩子小的时候不管，孩子长大了又特别惯着。从孩
　　　　子生出来到我结婚离开家，我哥的孩子都是我带的。

　　　　我爸当时对我的要求就是，你要是没结婚就老实在家待着。
　　　　你要是结了婚，但凡这个对象让你走，你愿意去哪儿就去
　　　　哪儿。

倪　萍：你爸爸太不像个爸爸了！一点责任心都没有吗？那他说这
　　　　种话的意思是他看到你在家里太苦了吗？

凌琳姐：不，我爸的意思就是我根本走不了，没有哪个男人愿意让
　　　　自己的媳妇放下稳定的"铁饭碗"到处走。结果他没有想

到，我后来特别痛快地离开了。

凌琳姐：正好那一年我工作上有个项目需要跟领导去北、上、广、深等十个城市调研，回来之后我就明确了我要来北京。当时我想，我就是混得再差，回家车票89块钱一张，留200块钱就能回去。

在结婚刚满一年的时候，我就跟我先生商量好一起来北京了。

我爸当时知道我辞去了体制内的公职后都要疯了，还极力想托关系给我撤回辞职申请。他的儿子已经没有任何在仕途上发展的可能性，我的这个决定就是把这件事情终结了。他当时很生气，要和我断绝父女关系。我同意了，然后就走了。他虽然是这么说，但是我明白，他就是觉得我这么折腾没有意义。

倪　萍：你爸爸呀，不光糊涂，还自以为是！你妈现在跟谁过呢？

凌琳姐：自己单过。她和我哥哥住在同一个小区，前后隔着几栋楼，相互之间有个照应。

倪　萍：你妈妈没想着要跟你们过吗？

凌琳姐：我妈挺独立的。以前跟我哥住一起，生活上很不方便，现在相互保持着独立，过得也算平静。妈妈是传统思维，不能和女儿过，因为她的原话是，"不能死在姑娘家"。

倪　萍：她现在还怕她儿子，怕他什么？

凌琳姐：她什么都怕。我哥觉得他是儿子，他就应该给妈妈养老送
　　　　终，但你是我妈你在我家就该管我的吃喝拉撒。他这个人
　　　　其实也没有那么坏，心地还是善良的，就是从小被惯得又
　　　　懒又无法控制自己的情绪。

　　　　我哥跟第一任妻子离婚了以后，就把房子卖了，分了财产
　　　　之后又创业去了，生意做得还不错。当时他因为有了点钱，
　　　　有各种年轻的女孩子往他身边凑。他喜欢上一个在海南开
　　　　歌舞厅时认识的会跳舞的女士。这位女士比他小十几岁，
　　　　在他离婚后跑到东北来追随他，顺理成章地成了我的第二
　　　　任嫂子。不过在我哥生意失败一无所有的时候，他们就离
　　　　了，我哥把自己唯一的房子和财产分给了这个女人。后来
　　　　当我哥东山再起时，就跟我妈说："妈，现在有几个女士
　　　　对我比较有好感，我的婚姻还需要再走一步，你说这次我
　　　　应该怎么选？"

　　　　我妈告诉他："找个和你年纪相仿的。年纪大了，就要找
　　　　个伴儿，所以你跟这样的人生活在一起是最合理的。"

　　　　后来我哥就和现在的嫂子结婚了。

倪　萍：你哥还挺听你妈的话的。

凌琳姐：这种话他是听的。但是如果我哥听到我妈说他儿子快30

岁了，需要自立了，少给孩子一点钱，要培养孩子自己谋
生的能力，立刻就会炸："他是我儿子，我为什么不管？"
儿子是他身上的逆鳞，不能碰。

倪　萍：他儿子跟他有感情吗？

凌琳姐：孩子从他与妈妈离婚后就拉黑了他，要钱的时候都是通过
　　　　孩子的妈妈要的。

倪　萍：你哥哥更糊涂！

凌琳姐：对，他也很可怜，他算是有后福的。我哥其实是少年得志，
　　　　青年娶妻无德，养子无教，对父母也不够尊重，于家庭而言，
　　　　所谓的经济贡献也就那样，但年过半百得遇良人。

倪　萍：现任老婆对他很好？

凌琳姐：这个老婆简直太好了！我这个新嫂子是个很有家庭感的
　　　　人，她很爱家，还特别爱做家宴，家里来朋友她会说："不
　　　　要出去吃，我来做。"她会不辞劳苦地做十几个人的饭。
　　　　我跟我哥相处这么多年，只有这个新嫂子来了之后，我
　　　　去他们家做客是不用进厨房的。以前只要我哥叫我去他
　　　　家，都是我买菜做饭，做完饭收拾干净我就离开了，他
　　　　就负责吃和"表扬"。

倪　萍：哈哈，用我姥姥的话说，你哥哥是来讨债的，你是来还
　　　　债的。

凌琳姐：我真是来还债的。

　　小妹妹说这话的时候已经哽咽了，我非常理解她的心情。这种家庭听上去真的不能理解。这一下午，小妹妹一直在诉说，我从不打断。她哭，我也跟着抹泪；她笑，我也跟着哈哈。心里有气、有怨说出来就好了，不管谁对谁错，别留在心里，留的日子长了，就长在身体里了。

　　我是发自内心愿意让她把苦水都倒出来的。她太不幸了，怎么会有这样的妈妈，这样的爸爸，这样的哥哥，这是血脉相连的一家人吗？我的心灵被撞击了无数次，真不敢相信这一切都是真的。

3. 爱自己，始终是最重要的事

　　不是所有孩子受了委屈之后都能拥有一个温暖的怀抱。童年时没能消化的痛苦，都留在了身体里，和我们一起长大了。

　　她还说起小时候想要离家出走的经历。回忆往往是泛着暖黄的微光，可小妹妹的回忆却有点凉，我仿佛被拉进了她的记忆深处。我看到一个孤独倔强的小女孩，忍着泪，咬着牙在成长。

倪　萍：你 10 岁的时候回到父母身边，但是从那时候起快乐就结
　　　　束了。

凌琳姐：是的。

倪　萍：你现在跟你妈妈、哥哥和解了吗？

凌琳姐：我跟我哥因为一些事情，从某一年开始就几乎不交流了。
　　　　第一件事就是他经常让我们去投资他的一些不靠谱的项
　　　　目，但是这些项目大部分都会烂尾，后来我们连本金也捞
　　　　不回。第二件事就是我爸爸过世之后，他离了两次婚，把
　　　　我家的两套老房子都祸祸没了，我现在回老家都是无家可
　　　　归的状态。
　　　　原来我爸妈的单位都分过房子，所以我家原本有两套房。
　　　　原本说好了，等父母百年之后我们兄妹两个一人一套，大
　　　　的给他，小的给我。我哥结第一次婚的时候把大的那套
　　　　重新装修做了婚房，离婚后他把这套房留给了第一任老婆
　　　　和孩子，他跟我妈住在第二套房里。我爸去世以后，我妈
　　　　嫌弃老房子爬楼梯累，想换个带电梯的新房。那时候正处
　　　　在中国房价飞涨的时代，我刚生完孩子在家全职带娃，没
　　　　有什么积蓄，就跟我哥商量："你给妈妈买一套电梯房，

名字写你的。妈妈百年之后，这新房子归你，我不参与。
老房子留着，将来我回去还有个住处，以后妈妈想留给谁
都行。"

凌琳姐：结果他在当地最好的小区买了一套带电梯的豪宅，我妈被
他游说，把老房子卖了给了他 50 万元装修费。他确实把
我妈接进去住了，可搬家的时候两人都没告诉我。后来是
朋友跟我说："你家搬家了，你知道吗？那房子可好了！"
我当时听了都蒙了，我家搬家了，没人告诉我。

过了一阵，他们让我回去了一次。我进到那个新家里去看
了一眼，家里一共四居室，孩子一间，他们一间，我妈妈
一间，还有一间书房。按照我们正常安排的话，老人岁数
大了，一定是把主卧的全阳房给老人住的，让她住得舒服，
上厕所、洗漱什么的都很方便。

可是，并没有。

全屋是豪华的美式装修风格，全新的家具，只有我妈妈的
卧室里还用着我爸当年打的旧床、旧衣柜。我看完真的很
难受，也无法接受。他们让我和我老公住书房，我说我不住。
这个家不是我的家，我一定不能住，没法住。

我妈十分不解地问："你怎么回来不住下呢？"

我说："你看你过的是什么生活。"

凌琳姐： 接下来的日子就是我前嫂子家的兄弟姐妹天天到那儿去折腾、挥霍，我妈像保姆一样地伺候他们，又洗又涮又做饭，能干的活儿全都干了。

我妈其实也很憋屈，但是由于惧怕她儿子，就一直忍着。后来我哥哥生意不好了，手里没有钱又要卖房子，于是这个豪宅又被卖掉。后来他虽然又在一个小区买了两套小房子，但是再也没有属于我的家了。

这件事一直是我的心结，我不知道为什么搬家不告诉我，这不就是不要我了吗？从那时候开始，我就不跟他们进行任何交流了。我跟我妈也有几年不交流，因为她太偏心了。但是有时候又觉得她好可怜，被欺负成这个样子。

我也是经过了很长一段时间的奋斗，才能拥有现在的生活的。大概在 2011 年之后，我进入了我们这行的 top 级的上市公司，工作、收入都趋于稳定，这个过程真的很难、很累。

后来，我因为不想常回家，就偶尔带着妈妈出去旅行一次，也是从那个时候开始我们的关系才比较亲近。而且我妈虚荣心很强，喜欢炫耀，她必须给自己找一个这样的支点。我哥那时候不太争气，还好我能让她拿得出手，她就会和别人各种吹嘘，我姑娘现在在上市公司做高管，我姑娘带我出去玩了，吃了什么，这样她在朋友圈里会很有面子。

我听着这些，心里太拧巴了，我借口出去回个电话，实际上是去吐口长气。这是什么家庭？这都是什么亲人？颠覆了三观，完全颠覆了！好一会儿我才平静了一些，回去继续与她交流。

倪　　萍：你们现在是一种什么关系？

凌琳姐：我们现在的关系也是如此，我是她炫耀的资本，儿子也是她炫耀的资本。儿媳妇也是一样，她会跟人说看我儿媳妇多好，你看这一桌子菜都是我儿媳妇做的。

倪　　萍：我真是觉得你是一个难得的好人。我就是心疼你，你看你从进门就哭，哭到现在，你内心过得太苦了。妹妹，你这样容易生病的，你必须放下，你已经对得起他们所有人了，你现在就好好爱自己，谁你都不用管了。

那你理想中的和家人的关系是什么样的呢？

凌琳姐：我希望他们能明白我们是一家人，能把我当家人看。

说出这些话的时候，小妹妹抽泣着，哭得更难过了，真的是一肚子的委屈。她的遭遇让人唏嘘，这太不公平了！

我也哭了，那句"能把我当家人看"扎疼了我的心。

倪　萍：如果他们一直都做不到呢？你这样也会很累，你要学会
　　　　放下。

凌琳姐：我其实已经放下了。

倪　萍：你今年45岁了，也不年轻了，你爸、你妈都是高级知识
　　　　分子，他们连自己的儿子都教育不好，连自己的女儿都保
　　　　护不了，我不理解他们。

凌琳姐：小时候我哥打我，没缘由地打我，甚至因为他女朋友来家
　　　　里我没有示好，他回来就会打我，我妈也不会拦着。

倪　萍：要不是你亲口说，我都不相信，连基本的良善都没有了。

凌琳姐：现在我就经常跟他们说，我离开你们就是对我最大的保护。

倪　萍：庆幸你有个好丈夫，你有成功的事业，简直是太好了。如
　　　　果没有这些，那你这一生真是……

凌琳姐：我老公真的特别好，他深知我们家这些乱七八糟的事，但
　　　　是从来不给我压力。

倪　萍：妹妹，你信不信这就是老天给你的补偿，你失去的太多了，
　　　　派你先生来补偿你，你的儿子也是来报恩的。

凌琳姐：是的，我儿子也特别好，他也说咱们离他们远点。

　　小妹妹说到丈夫和孩子的时候，她的脸上满是欢喜和幸福，
我听着都欣慰，心里也暖和了不少。

凌琳姐：现在我已经学会爱自己了，也不跟我妈妈多交流。以前我
妈妈一说老家谁家的孩子在北京没找着工作，你给安排一
下，我就会马上给人家安排，尽管这个人能力很差。我原
来安排过的老家的人，有的给我惹出一堆事，把我搞得很
难堪。

后来有一回我妈又给我打电话说那个谁经济条件不太好，
收入不高，你给他找点活儿，让他挣点钱。

我说："妈，我是做慈善的吗？"

以前我是不会这样说的，我都会让人家加我微信，我看看
他什么情况，看看他的简历，看看能怎么帮助他。

我现在不会这样了，凭什么他缺钱了就找我要，我欠他的
吗？我妈为什么到现在还给我找麻烦，还不放过我？我妈
会说："你做人要善良，不善良不行啊！能帮就帮啊，你
为什么这么不善良呢？"

可这跟善良有关系吗？她就是为了显摆，让人觉得自己闺
女有本事。我的工作遇到困境的时候，她从来不会找人帮
助我，甚至是她的儿子。

倪　萍：真的，你对你们家这个债还得可以了。下辈子都够了。

凌琳姐：是啊，所以现在我几个月不给她打电话也心安理得。

倪　萍：对，我支持你。

　　小妹妹把太多的爱都给了这个不值得爱的家，做到这份儿上，太可以了。换我，我做不到。

4. 老天会帮你把你失去的都给补上

倪　萍：你已经为你们家做得太多了，你一点也不欠他们了。十个
　　　　人里边，九个做不成你这样的。

凌琳姐：那些年，我很孤单，只有书陪伴着我。我那时候看《红楼
　　　　梦》，里面所有的诗词都能倒背如流。
　　　　我很庆幸，我小时候得到了奶奶的爱护，我爷爷、奶奶曾
　　　　经在我们家最忙的时候来帮忙做饭，照看家。我是奶奶从
　　　　小带大的，我奶奶脾气很火爆，会在家里跟他们打架，也
　　　　经常会偷偷地把一些糖果、好吃的放在我书包里。

　　　　小妹妹回忆奶奶的守护，又让我想起了姥姥。我深知正是这
些温暖，守护了我们灵魂里的善良。这些温暖在渐行渐远的日子里，
被擦得越来越亮，够我们使一辈子。

倪　萍：那你也很幸福，有你奶奶护着，所以你天生就是这样一个
　　　　善良的人。这么残酷的亲情也没让你变得麻木，你依然很
　　　　珍惜这些情感。我觉得你没有长"歪"，真是庆幸呀！所
　　　　以老天会让你后半生享福的，你会很长寿，很幸福。

凌琳姐：我妈妈后来开始对我好了，一方面是因为我的收入高，所谓的地位就上来了。另一方面就是一些玄学的事情。我妈从此心生敬畏，慢慢地不敢再对我予取予求。至于那个血缘上的哥哥，我觉得对我来说可有可无，他确实也影响不了我什么了。

倪　萍：妹妹，我挺佩服你的，你的灵魂始终是挺立的，你的内心有一股力量，这股力量特别珍贵，这股力量和你的灵魂不是大多人能拥有的，这也是你读那些书的缘故。

凌琳姐：我觉得我的教养是爷爷、奶奶给的，与我妈妈无关。我妈对人的评价就是这人真有本事，特有钱，有多少套房子，开什么车，这是我妈对人的评价标准。

　　　　但是我爷爷奶奶不一样。我记得小时候我们家里穷得都揭不开锅了，有人敲门乞讨，真是给个馒头才能活命的那种，我奶奶能把人请家里吃一天，让人吃饱了。

倪　萍：所以你看，这也是一种幸运，在确立世界观的年纪，你没在父母身边，而是在爷爷、奶奶那儿，这是很受益的。

凌琳姐：我跟我妈聊过，如果我们不是亲娘儿俩，这辈子都不会有交集，因为我俩的价值观冲突太大了，完全不在一个层面上。就是因为我们是亲娘儿俩，这个缘分真的断不了，所以才能在一起，要不然我一天也和她待不下去。

凌琳姐：我先生也说，等到送走了老人，咱们就和那边一刀两断。

倪　萍：嗯，你要做的就是爱自己、爱儿子、爱老公，你们三个才是命运共同体，其他不扯了。

凌琳姐：是啊，只要他们不干扰我，我就挺好的。

倪　萍：我相信你父母在内心深处一定对你是有愧疚的，只是他们不会承认。

　　　　你已经很棒了！在那么恶劣的家庭环境里，既没倒下也没有逃离，你跟他们一起度过了那些最艰难的日子。

　　　　非常感谢你这么信任我，我真的从内心深处敬佩你，交朋友我就愿意交你这样的朋友。你真的太好了，就是心疼你遭受那些亲人的折磨，把过去那些沉重的东西一起放下吧！

凌琳姐：我现在挺好的，经济独立，家庭幸福，每天吃吃喝喝，做做美食，莳花弄草。

　　听见小妹妹说她现在的生活状态，真的为她高兴。

　　小妹妹，你还年轻，余生很长，都是好日子。你一定会越来越好，会一直幸福下去。

人生问答题

如果你曾被原生家庭深深伤害，你会选择如
何疗愈自己？

A. 努力改变对方，寻求和解。

B. 切断联系，避免纠缠，与痛苦隔离。

C. 尽相应责任，但保持自我空间，全力以赴爱自己。

后来的我们

　　我努力经营着自己的公司，公司业绩良好，在疫情期间也保持着非常不错的成绩。老公十分体贴，儿子刚刚收到美国一所知名高校的录取通知。我偶尔也会给妈妈打个电话问候一下，日子过得忙碌且幸福。

——凌琳

第四章

我们和孩子一起长大

对孩子，你是否也给予了太多？

	昵称：娜依
	年龄：保密
	婚育：已婚已育
来访人小档案	职业：人力资源总监

娜依是个爱笑的姑娘，笑起来的时候一双眼睛像弯弯的月牙，很有感染力。她聊天的时候很温柔，让人很有亲近感，很舒服，整个人散发着都市女性的优雅。

1. 父母的爱给得太多孩子就会"燥热"

娜　依：倪萍老师，您好呀，我是娜依，现在做人力资源工作。我
　　　　老家是内蒙古的，内蒙古乌海，不知道您去过没？

倪　萍：去过啊！乌海是一座煤城。那个地方的人特别实在，特别
　　　　热情好客，吃饭的时候，天哪，就好像不把这一桌子东西
　　　　吃下去，怪对不起人家似的，都是羊汤、羊肉、羊肉包子。

娜　依：哈哈，对对，就是这样。我从小就在那里长大，后来考大
　　　　学来到了北京，从中国传媒大学毕业以后就一直留在北
　　　　京了。

倪　萍：你结婚了吗？

娜　依：结婚了，已经在北京定居了，我女儿今年12岁，马上小
　　　　升初了，但她现在就出现了青春期的叛逆。她原来一直是
　　　　个很文静乖巧的女孩，但现在会突然顶撞我，说一些特
　　　　别叛逆的话。有时候会明显感觉到她是故意在和我对抗，
　　　　和我唱反调，做各种各样叛逆的事情……哎，真的很让人
　　　　头疼。

　　　　娜依跟我说了不少孩子叛逆的表现，在这个过程中，她的眉

头一直不自觉地紧锁着。

倪　萍：你觉不觉得现在叛逆的孩子特别多？

娜　依：真的是这样，真是很愁。

看到她纠结的样子，作为一个母亲，我特别能理解她的心情。

青春期是每个孩子的必经阶段，青春期的叛逆也是每个妈妈都得面对的"考题"。我相信像娜依一样困惑的妈妈一定还有很多。如何解开这个难题，可没有标准答案。但我希望从我的角度出发，能给苦恼的妈妈们提供一个解题思路，算是抛砖引玉吧。

倪　萍：在我们生长的那个年代真的没听说过哪个孩子有叛逆期，
　　　　因为我们根本就没有任何选择。
　　　　那时候日子过得很简单，小孩子吃饱了就去上学，从不敢
　　　　提什么要求，更别谈什么理想了。毕业了就去工厂上班，
　　　　挣钱养家，大家都是这样的。可看看现在，为什么孩子会
　　　　出现各种各样叛逆的现象？这真的是孩子的问题吗？

很多人说叛逆期是每个孩子必然会经历的。但我想，会不会是现在生活好了，选择太多了，家长们总是无条件地满足孩子，

甚至连家长们自己都没有感觉到？而就是这种过度的爱，在不知不觉中"喂养"了孩子的叛逆。

倪　萍：孩子如果有了很明显的叛逆表现，家长们千万不要在第一时间只想着怎么管孩子，而是要先反思下自己。

现在的家长在孩子面前太卑微了，给了孩子过多的选择。其实不必离女儿太近，不必时时刻刻盯着她，过度地关心她，要留有一定的距离，让她有时间、有距离地回望你。

当你把所有东西都送到孩子面前的时候，孩子可能习惯了这样的给予。吃东西的时候她可能看都不看你一眼，就直接吃了。可如果有一段时间没有人送东西，她至少会想：妈妈今天为什么没给我苹果？孩子就会想着去观察你，她看到妈妈自己在吃苹果，完全没有去照顾她。这会让她看到、感受到，妈妈也有自己的独立空间，有自己的生活，而不是完全服务于她。她一定会有别样的思考。

让孩子在这种适度的距离中有自己的思考，这点很重要。尤其是青春期的孩子，自我意识在慢慢形成，你离她太近，什么都替她盘算好，其实也是无形中挤压了她的心理空间。而你跟她保持一点距离，她不会过得不好，反而心里会宽松，不会一门心思地和家长对抗，也就是所谓的青春期叛逆。

倪　萍：所以，我们很多家长犯的错误就是这样无条件地围着孩子
　　　　转，而且是下意识的，自己都没想太多，觉得这是应该的。
　　　　我的化妆师是我多年的朋友，她对叛逆期女儿的教育方法
　　　　就很好。有一次她说，我们录完节目回家，她开车快到家
　　　　门口的时候收到了女儿发来的微信："老妈，我有个快递
　　　　在南门，你回来的时候顺便给我拿回来。"

　　　　她回了一句："不可能，你老妈太累了。有空就自己去拿，
　　　　不拿就明天再说。"

　　　　她说她其实是故意这样回复的，因为孩子在家里习惯性地
　　　　使唤奶奶，就像使唤用人一样，可奶奶非常乐于这种无限
　　　　度、无条件的付出。如果是奶奶听见孩子这样的诉求，一
　　　　定会二话不说马上放下手头的事情去取快递了。

　　　　其实，替女儿取快递这件事只要她停一下车很容易就可以
　　　　做到，但为什么要果断拒绝？她就是要通过这样的小事让
　　　　女儿明白，不是女儿所有的要求都会被无条件满足的。全
　　　　家一共四个大人，爷爷、奶奶、爸爸孩子都可以随意指挥，
　　　　只有到妈妈这里行不通。反而因为她没有对孩子事事依从，
　　　　孩子在家里最听她的话。

娜依听了我这位化妆师朋友的故事连连点头。

娜　依：以前一直没有意识到这个问题，一些日常小事就习惯性地
　　　　满足了她。可越是满足孩子，反而会让孩子更加自我和
　　　　叛逆。

2. 孩子其实什么都能克服

提到孩子，我就打开了话匣子，忍不住又跟娜依说了一些掏
心窝子的话。

倪　萍：爱孩子是每个为人父母者的本能，这是一辈子都不可能改
　　　　变的。要不有人说，做父母是没有底线的。有时候我甚至
　　　　觉得：这个世界上最"卑微"的人，可能就是父母了，不
　　　　管孩子是否真的需要，做父母的总是忍不住为孩子付出，
　　　　把自己最宝贵的东西全都给了孩子，甚至这样还觉得不够。
　　　　我之前就属于这样的母亲。
　　　　作为父母一定要储存着对自己的爱，不用一股脑儿地把全

　　　　部的爱都给孩子，爱孩子真不急于这一时，你有一辈子的
　　　　时间去爱护她呢。

倪　萍：很多父母常说，孩子到了 18 岁就不用管了，我曾经也是
　　　　这么想的，觉得孩子成人了，我就完成任务了，能彻底放
　　　　松了，可现实根本不是这样的。到了现在，依然在为他操心，
　　　　这是为人父母的本能。你的女儿才 12 岁，爱孩子的时间
　　　　还很长，不用这么着急。
　　　　事实上，孩子原本什么困难都能克服，但在父母面前就什
　　　　么都不行。孩子在一天天地成长，我们做父母的也得跟着
　　　　成长。孩子已经渐渐不再弱小了，他有自己的思想，有
　　　　自己的智慧，在慢慢学着处理问题，真不需要父母大包大
　　　　揽了。

　　我劝娜依，同时也是劝自己，我们一生都会爱孩子，这一点
毋庸置疑，但是，真的别爱得多了，多到他都嫌弃了，或者多到
成为他的一种负担，这会是一件很可悲的事情。

倪　萍：爱是一把双刃剑。特别是父母给孩子的爱。很多父母都没
　　　　意识到，就只会一味地对孩子好。其实他们不知道这种好
　　　　孩子是不需要的，或者说大部分不需要。

倪　萍：我姥姥就说过，孩子穿一件棉袄他还知道啥叫暖和，穿多
　　　了就是害孩子。这不怪孩子，都怪大人。

　　　真的是这样呀，现在父母都是要给孩子穿上十件、二十件
　　　棉袄，爷爷奶奶再加三十件棉袄，那孩子肯定不舒服，而
　　　且这种不舒服他说不出来，又无法拒绝。

　　　现在我们经常可以看到有些孩子很暴躁，会在父母面前突
　　　然情绪爆发，但平时他对别人却很有礼貌。这就是因为他
　　　在父母面前太"燥热"，而这些"燥热"都是父母给的。

　　　我有时候会反思，我过去对孩子的好，可能十样东西中有
　　　五样是孩子不需要的，尤其是随着他渐渐长大，他对我的
　　　需要就越来越少了，可我还是忍不住竭尽全力地为孩子付
　　　出！因为我竭尽全力，所以我就会失望，甚至还会埋怨：
　　　我给你这个你为什么不要啊？这个好话我跟别人还不舍得
　　　说呢，你为什么不听啊？

　　　现在我也会反思，我们自认为这是最好的东西，但孩子觉
　　　得这好吗？他真的需要吗？

　　　我现在已经改变爱的方式了。其实不光是10多岁的孩子
　　　会叛逆，年轻人也很叛逆，但我觉得生活、工作或者社会
　　　一定会帮助他们改变这个叛逆。社会不会无条件地惯着他
　　　们，而他们也会很快适应社会。只是在这个过程中，孩子

会拧巴。

倪　萍：另外，面对孩子的叛逆，其实还可以换个角度去看待。

只要我们做父母的活着，孩子不管多大，永远都是孩子。那天我听冯唐说他跟父母的关系，他在爸爸、妈妈面前是那种很拧的叛逆的孩子，在外面反而是特别懂事、明白的一个人。亲情是特有的一种爱，父母有时候也应该学会享受这种独特的爱，也就不会觉得孩子叛逆的时候特别讨厌了。因为他只能跟父母这样，他在外人面前绝对不会这样。他和父母表达叛逆是源于过度的依赖，因为这个家永远是他可以撒欢儿的地方。

我们过去惧怕父母是一种爱，现在孩子不怕父母是另一种爱。时代不一样了，情况也不同了，我们做父母的都得慢慢学会享受这种爱。

现在这个社会，如果不在自己心里面安一个开关，可能就会一直烦闷。因为现在的社会环境、价值观、世界观都发生了翻天覆地的变化，所以我们也得学会调整。这种自我调整的思维，也可以用在生活的各个方面，这样的话，我们就会逐渐成为一个可以操纵自己命运的人。面对任何事情的时候，我们的痛苦、绝望都来自心态和情绪。

娜依，你试试看，除了调整和孩子的距离、相处方式，再学着转换思维，重新审视孩子的叛逆。换一个角度，面对孩子的叛逆，自己就不会那么难过、气愤，也不会像从前那样因为一时生气便激烈地处理问题了。你把自己的情绪捋顺了，就可以冷静从容地处理问题。你和孩子之间产生的疙瘩，慢慢地就化开了。

3. 学习是每个人终生要做的事

　　家是最温暖的地方，但家也是一道难解的题，每个人或多或少都会有自己的困扰。因为朝夕相处，彼此离得太近了。聊完了孩子青春期叛逆的问题，娜依拧着眉头又跟我说了另一个困惑。

娜　依：我跟爱人在孩子的教育上有特别大的分歧，特别是现在涉及孩子小升初的升学问题。我希望她上一个教育条件更好的初中，然后可以接着上重点高中，所以我会在升学率、校风、校纪方面做很多考虑。这无论是对她的学业还是未来发展，肯定都是很重要的。

　　可是我的爱人很"佛系"，尤其在"双减"政策下，他认为上一个什么样的初中不重要，最好离家近些，作业少点，孩子能过得快乐一点。之前我们在这个问题上观念就很不一致，现在到了这个节骨眼儿上，更是为了这个问题争论不休。我真的觉得现在这个时代竞争这么激烈，虽然都在喊着给孩子减负，但如果对孩子的教育真的这么"佛系"，孩子将来会活得很有压力。

倪　萍：我个人觉得，选择哪种教育方式要看你的女儿是个什么样的孩子。这两种选择的好与不好其实各占一半。按照妈妈的教育方式，可能孩子的快乐就会很少。爸爸那种选择就是在她小的时候没有给她提供一个更好的学习环境，这可能会成为一个遗憾，但她得到的又是真正意义上的快乐的童年。

在这个问题上，我觉得要看孩子的特质，因为每个孩子的天分真的是不一样的。有的孩子一下午就把所有问题都解了，有的孩子学习也非常认真，但就是解不出来，而且父母也帮助了，老师也帮助了。

如果孩子在学业上很有潜力，给他加把劲儿去念一个好学校，他将来能考上一个很好的大学，那就支持他，让他上这样的学校。童年失去的那些无忧无虑的快乐，就用另外的方式去弥补。比如假期的时候带他去不同的城市旅行，带他郊游、踏青、放风筝……尽情地放松。

倪　萍：如果孩子不是特别愿意学习，或在学习上没有什么天资，那就不要强求他一定要去一所学习压力特别大的学校。

所以，作为父母要先评估自己的孩子到底是属于哪种类型的，也就会有清晰的选择方向。

另外，我个人觉得这两种选择都不影响孩子未来的发展。就比如现在我们知道的那些成功人士，有的来自非常好的名牌大学，也有的来自特别普通的院校。我们想要过好这一生一定是需要终生学习的，并不是一个人上了一所名牌大学，一辈子都会过得很好。大学就是一个学习基础知识的地方，孩子拿到好大学的文凭之后，在最初参加工作的时候就是一块好的敲门砖，少走一点弯路，但一样需要踏实地去找工作。他想要日后有不错的发展，就需要不断学习。普通院校出来的孩子，出了校门，感觉工作需要哪些能力和知识再进行补充和学习，同样会很优秀。这样的例子也很多呀！不管孩子学习成绩怎样，读哪所大学，如果他能选择一个快乐的人生，也是很成功的。我觉得成功的衡量标准是多维度的，肯定不是单纯用赚钱多少、名气、权力这些东西来衡量的，尽管那是很多人的标准，但这未必要成为自己的标准。

倪　萍：我最近看到了一个视频，特别感动。有一对老夫妇，满脸
　　　　的皱纹，牙齿稀疏，看起来有 90 多岁了，在一间特别破
　　　　旧的房子里，面对面坐在一张小木桌前，桌子上面有一盘
　　　　酸豆角，还有一碗红烧肉，两个人一人一个小酒杯，吃着菜，
　　　　喝着酒。老太太在一只盘子里拣出来一小块肉，然后给老
　　　　头儿塞到嘴里。两个人一起拿起酒杯干杯，就这样边吃边
　　　　喝，看得我特别羡慕。

　　　　这种平淡的幸福，太珍贵了。

　　　　现在很多人有了条件之后，会选择去农村、去山里租个院
　　　　子，然后把孩子带过去，就为了让孩子跑的时候能够伸开
　　　　腿，让孩子认识什么是豆子，水里是什么鸭子，让孩子自
　　　　己去撒种子、摘西红柿。这样培养起来的孩子哪来的叛逆、
　　　　愤怒啊？每天不停地去发现新鲜事物，孩子在这样的环境
　　　　下成长，我个人觉得也挺好的。这样孩子能在生活的点点
　　　　滴滴里感受到生活的不容易，也能体会到幸福和快乐。

　　　　我们再聚焦到孩子的教育上。我个人觉得培养孩子健康的
　　　　心智，他就会选择他想要的生活，他热爱的生活，他的痛
　　　　苦就会少很多。

　　　　作为母亲，我现在对孩子最大的期望就是他这一辈子能真
　　　　正活得快乐。其实有的家长觉得学习的年纪就该好好学习，

以后成功的快乐有的是。错了，童年的快乐就应该在童年体会，不然这辈子再也找不回来。

倪　萍：孩子学习本来就很有压力，如果一个孩子在成长过程中总是被各种打压，那他就会活得不快乐，他的心智可能就会扭曲，将来会影响他对世界的看法。一个人走到社会上特别重要的一点就是对社会的态度，而这个态度形成的关键在于他在原生家庭里过得是不是很舒适，很有尊严，很快乐。

过去我觉得，好像我的时间特别重要，天天这样大把大把地抢时间，抢到现在好像我干了很多事，但是我的内心其实特别后悔，过去走得太快了，太忙活，享受生活的时间很少。

其实慢就是快，快就是慢。到了我这个年龄，才后知后觉明白，快和慢到底意味着什么。

希望我们在聊完之后，你可以回去和爱人评估一下，孩子能不能承受这个挤压，是不是在挤压之后能够成为她想象的那样。如果不能就不要硬来，所谓挤压，就是大人要根据自己小孩的特性，选择适度的压力。听听你爱人的意见很重要，因为他比旁人更了解你们的孩子。我说这些不一定对，你有选择地听吧。

　　我盼望娜依在孩子接下来的教育里，做真正适合孩子的选择，让孩子在增长智慧和见识的同时，拥有一个繁花似锦的青春岁月。

人生问答题

如果你也有一个不那么听话的孩子，你会做
一个怎样的父母？

A. 时刻紧绷关注孩子，360 度无死角管控孩子，培
养一个听话的好孩子。

B. 身体力行做好自己，做孩子的好朋友，能听懂他
内心的诉求，开明豁达做父母。

‖ 后来的我们 ‖

过去的一年，我们的家庭也经历了很多事情，疫情的起起伏伏给我们的学习、生活、工作带来了很多不便。孩子在疫情中开始了初中学业，当时是我和爱人、孩子一起沟通选择的适合孩子的学校。 期间我非常认真地思考了几个问题：我们的家庭未来需要什么样的孩子？孩子在我们期待的未来中要扮演什么样的角色？未来只有孩子是主角吗？

我与爱人深入交流了一次，很坦诚、耐心地探讨了很多问题。从那之后，我们从内心主动为了家庭融合进行着改变。我与我的爱人养成了每天运动的习惯，即使再忙再累也会抽出时间锻炼一下；同时，我们互相监督回到家以后放下手机，把时间交给阅读。随着时间的推移，我们的身体正向好的方向发展。通过阅读，我们的家庭学习氛围也变好了，彼此交流的时间也多了，加深了我们之间的相互理解。

我们之前面临的孩子教育的问题现在还是存在的，但是，我们不再那么焦虑和无可奈何了，能够坐下来先思考再做出选择，如果实在想不出也不焦虑了。儿孙自有儿孙福，不再焦虑是我们最大的"小惊喜"。

特别希望今后还能够有机会与倪萍老师再"聊聊"，在其他方面与倪萍老师深入交流，互相分享快乐！

——娜依

因材施教与顺其自然

	昵称：安欣
	年龄：保密
	婚育：已婚已育
来访人小档案	职业：职业经理人

安欣是一位干练的高知女性，一头短发清爽利落，一看就是个很自信的人，活得清醒。

1. 别让孩子为自己的焦虑买单

安　欣：倪萍老师，您现在好瘦啊！

倪　萍：你应该说，你曾经好胖啊，哈哈！那也真是一场噩梦，我
　　　　胖到自己都忍不了，觉得快废了。后来费了很大功夫做运
　　　　动，改善饮食习惯，过程很痛苦，但结果很快乐。

安　欣：我也每天锻炼，除了有时候会去健身房，每天都要走上
　　　　一万步。

倪　萍：哈哈，我也开始去健身房了。

　　我和安欣刚一见面，就聊起了减肥话题，你一句我一句，完
全没有陌生感。渐渐地，我们的话题又转回到了安欣身上。

安　欣：我大学是学英语专业的，毕业以后在教育培训机构待了一
　　　　段时间，然后去考了法律专业的硕士研究生。现在的工作
　　　　和英语、法律两个专业都不沾边，是在帮一家国际公司管
　　　　理中国分公司。

倪　萍：你可真是个跳跃性很强的人，人生选择跨越性实在太大了。
　　　　但这样的人往往很聪明，悟性高，我特别羡慕你这样的人。

安　欣：对，我什么都能接受。大学那个时候其实什么都不懂，觉得英语是个热门专业就学了，到了北京之后感觉大家都会这个，所以就想着还得再学一个专业。因为家里很多人都是做法律行业的，所以我就学了法律，但是学完以后发现我的性格不适合做这个。这个行业太严肃了，我先是当律师，后来又做过法务。做了一段时间之后，我就觉得那不是我想要的生活，真的太累了，也真的不适合自己。当时正好我有朋友在找人管理国内分公司，问我要不要去试试。最初尝试这份工作是因为能够去不同地方办公，因为我喜欢旅游嘛，就这样干到现在，做了有十年。

倪　萍：那你真是个挺聪明的人，你那么年轻就活得那么通透，真难得。对一个人来说，最重要的是选择一份自己喜欢的工作，哪怕挣钱少一些，哪怕看起来没有那么高大上，都是一件很幸福的事。因为工作要占据我们生命中很大一部分时间。

等你到了我这个年龄，你会更加感谢自己的选择，因为在你这个年龄能够遵从自己内心的选择的人很少。很多人都会觉得，我好不容易学了那么多年，这个地方工资高，还舒适。可他们不明白，在这圈里感觉到的所谓舒适其实是习惯，并不是真正的舒适，做不喜欢的工作，仅仅是为了有个工作而工作，内心其实挺痛苦的。你跳出舒适圈，找到了真正适合自己的工作，所以在跟我聊起你的工作时神采奕奕，很享受其中的乐趣，整个人也很轻松。这个状态才是成功者该有的样子。

在聊天的过程中，安欣很开心地分享了他们设计的漂亮的产品。我也很纳闷儿，这样一个放松自如又清醒的人，会有什么样的困惑呢？

安　欣：我自己倒是没什么困惑，主要还是因为孩子，我儿子今年
　　　　11岁了，马上小升初了。其实以前我一点也不焦虑，也一
　　　　直坚信自己在教育孩子方面想得很明白，孩子不止学习一
　　　　条路，学业无非就是学习能力和思维的培养。最初我认为
　　　　自己不会焦虑，找一个能够直升的学校直接升到初中就可
　　　　以了。但现在事情真正到了眼前的时候，发现身边的妈妈
　　　　们都开始行动起来了。我家住在海淀区，海淀妈妈们对孩
　　　　子的学业更是特别上心，在这种环境的影响下，我真的焦
　　　　虑了，也有些迷茫。

安欣提起孩子的时候，完全不似刚才说起自己时那么轻松自

如了，眉头也不自觉地轻轻拧了起来。同样是做母亲的人，我真的能够理解她的心情，这些我都经历过。

倪　萍：你儿子现在是什么状况啊？爱学习还是不爱学习呢？

安　欣：他爱学习也很听话，但就是学不快，因为他性子比较慢，脑袋也很慢，做事也很慢。有的时候看到他那么努力，真的不舍得说他什么。我也会反思自己，是不是我为他安排得过多，我太心急了。

　　安欣的这种焦虑我理解，还有很多家长也有同样的心境。我给安欣分享了前段时间我去采访过的一个男孩的故事。

倪　萍：有一个山东的男孩，在2岁的时候因为感冒发烧成了听障儿童，这对他的母亲来说是沉重的打击。他母亲的做法很励志，她在得知这个结果之后就决定，要让儿子学一门手艺，让他将来能养活自己。
　　　　在孩子8岁之前，她一直细心地观察孩子对什么有兴趣，什么都让孩子去尝试，从最底层能维持生计的事情找起，没有说非要干一件多么伟大的事，就这么一直摸索。后来有一天，她突然发现儿子对画画很感兴趣。孩子看到漂亮

　　的画，会扭头停留观看很久。这个孩子对色彩很敏感，他失去了听力，说话自然也越来越差，但有一双灵敏的眼睛，能非常准确地分辨出 2000 多种颜色。

倪　萍：现在这个孩子，也如他母亲所愿，拥有了一份非常适合他的工作，成了修复古画的一把好手。他们所用的矿石颜料获取难度很大，要把大石块敲成小石块，一步步分解成更小的石块，再捣碎、研磨，反反复复可能需要上百道工序，才能制成一小包颜料，非常珍贵。这些珍贵的颜料制作出来之后，就可以用来修复古画。这个孩子调出来的颜色特别准确，所以有了一份非常稳定，收入很高，且自己也很喜欢的工作。

　　这给了我很大的启示，遭受这么大灾难的听障孩子依然靠自己有了很好的人生，我们做父母的还要焦虑什么呢？完全可以从容一点，一步步地往下走。没有人敢说孩子未来一定是什么样子，但我们能看到他现阶段的状态，他是不是快乐。

　　真的不要疯狂地逼他，不能因为在海淀，就像是嵌入了一个固定的模式里，一定要把孩子弄到人大附中去，弄到北大附中去。如果是这样，父母就是在害孩子，这只是满足你的虚荣心。

倪　萍：这个阶段他去哪个学校，要看他能适应怎样的节奏。我们
　　　　需要清楚一点，一个人的见识也很重要，假期带他出去旅
　　　　游，平时带着他去博物馆参观。这样能培养他学习知识的
　　　　能力，培养他探索世界的能力。像他这种慢孩子，经过累
　　　　积之后出来的东西会不得了。一定要保护他现在的心智，
　　　　慢不是缺点，是这个孩子的天性，你非要逼他快，这不公
　　　　平，也不科学，不能摧残他。做父母的，要正视自己的焦虑，
　　　　直面自己的焦虑，千万不要让孩子为自己的焦虑买单。
　　　　焦虑不能解决任何问题，反而会滋生一些不好的情绪、不
　　　　好的心态，可能在你不经意的时候就把这些传递给孩子了。
　　　　就像你在给花浇水的时候，不小心水里掺了点有害的东西，
　　　　时间长了你就会觉得：这小花儿怎么越长越不精神呢？是
　　　　不是花出了什么问题？但你可能没想到，是水有问题，水
　　　　里掺了一种叫"焦虑"的慢性毒药。
　　　　家长真的要学会放松一点。你们放松了，不焦虑了，孩子
　　　　学习、生活、性格方方面面才会更自在，更有创造力，才
　　　　会更好。

　　　　换个角度想，我们这些大人，过去能得到的资源那么少，家
　　长也不怎么管，靠着自己奋斗摸索，日子过得也会越来越好。所

以，对孩子的未来，不要那么焦虑。我们就陪着孩子一起成长，给他好的助力，让他去舒展自己独特的生命力。

2. 盲从选择和因材施教

安欣很注重孩子的素质教育以及开阔孩子的眼界，这一点我很赞同。增长见识，培养好的性格，养成好的习惯，这对孩子来说，和学习一样重要。

安　欣：他的童年一直过得很开心。我会带他去各种各样的地方，比如说博物馆每个月都会去一两次。每个假期，我都会领他出去十七八天，到别的城市或者其他国家四处逛，看看花草、动物。他的兴趣特别广泛。他喜欢石头，从小我就带他去不同的矿山、展会。他已经收集了一柜子的化石、宝石等各种各样的石头。他的世界丰富到一天不学习，也会有各种各样的事情可做。但人的精力毕竟是有限的，他的爱好太多就把他的学习精力都分散掉了。

　　　　所以，他到了高年级的时候我就开始考虑，我是该继续让

他过这样见世面的生活，还是让他板板正正地坐在那儿去学习呢？从我的角度出发，我不忍心让他过太枯燥的生活。我又纠结，如果现在不让他拼尽全力去学习，没有上一个好的初中或高中，是不是把他给害了？所以我就一直在这两种选择之间摇摆不定。

倪　萍：其实这个答案特别好找，这不是靠父母想出来的，要从孩子身上找。我觉得好的教育是因人而异，因材施教的。像你的孩子，在这种情况下可以把他的心收回来，给他一些学习压力，看他在压力之下会不会有很大的提升。

倪　萍：折中一下，游山玩水的时间减掉一半，专心学习的时间增
　　　　加一半，他太慢的时候稍微催一催。可以这样试一个月，
　　　　孩子自身的潜质有时会超出你的想象。虽然做母亲的可能
　　　　舍不得，但还是要试一试。他见过的东西很多了，已经有
　　　　一柜子的石头了，他过去获得的，比同龄的很多孩子都更
　　　　丰富。

　　　《战国策》里有这么一句话："父母之爱子，则为之计深远。"
做父母的，总是会忍不住为孩子考虑很多。所以，除了孩子当下
的学习和教育，关于孩子未来的规划，安欣也考虑了很多，想得
越多越纠结，慢慢地就在自己心里系了个疙瘩。

安　欣：我老板是德国人，他对孩子的培养方式其实对我有一些影
　　　　响。德国人的节奏特别慢，1 到 10 的加减法恨不得学一年。
　　　　我的很多德国同事的生活节奏也都很慢，每天有很多时间
　　　　陪伴自己的家人，享受生活。他们在职业选择上也没有太
　　　　强的紧迫感。
　　　　我记得我在德国的时候，有一天找一个电工来修理东西，
　　　　但是他跟我说上午没有时间，因为他上午在兼职做警察，

下午才做电工的工作，让我别着急。

安　欣：我曾经想过，为什么非要让孩子在高压的赛道上不停地去拼，慢节奏也可以生活得很好，所以也考虑过让儿子在初中或者高中时去德国学修车，回来也能有一门手艺。可这样，我还担心他以后会不会没有竞争力了，过得不好……

倪　萍：我觉得，这可以成为一种很好的选择。你现在的工作、生活各方面的情况都可以支撑这个选择。更重要的一点是，这个孩子是慢性子，让他在德国那个环境下学一门手艺挺适合他的秉性的。

我听说过一个故事，分享给你，看看对你是否有启发。国外有一个孩子整天在学校惹是生非，跟同学打架，学校把他给劝退了。母亲把孩子领回来之后就决定辞职，专门在家陪着孩子，找到孩子的问题究竟出在哪儿。她辞职的这一天，正好带着孩子去商场买东西，她发现孩子一直盯着一个大的玩具汽车。她就对孩子说："你以后要在家里学习不能去学校了，从明天开始，如果你能听我的话，我就给你买这个玩具车。"

孩子答应了，母亲就把这个玩具汽车买了下来。第二天早上，母亲醒来后来到儿子房间，看到了令她非常愤怒的一幕。她的儿子把这个汽车的每一个零件都拆了下来。她觉得自己的儿子很暴力，不是在学校里和同学打斗，就是在家里拆东西。她质问孩子为什么要拆。

倪　萍：孩子没有解释，而是让母亲到吃晚饭的时候再来他的房间。这位母亲当时忍着没有发火。到了晚上，她如约来到儿子的房间，却看到了一辆漂亮的玩具汽车，但和新买回来的那个不一样，打开开关一样能跑，她这才知道孩子是把汽车重新组装了。

这位母亲发现了儿子这方面的天赋之后，就在网上买回来各种各样的玩具汽车，让孩子拆了重新组装，还去网上分享。当然，在发展兴趣的同时，他的学业也没有落下，母亲一直在家里给他补课。

18岁以后，这个孩子在他当时被开除的学校门口开了一家很棒的汽车修理店。很多世界名牌车子出现问题，别的地方修不了的都要来他这里修。他的生意非常火爆，订单从年初排到年尾。

后来在接受媒体采访的时候他说："我一生能过得这样幸福，要非常感谢我妈妈。我承认当初退学不是学校的错，但我确实在学校里一分钟都待不住。"

人家问他为什么在学校不听讲？他说："我觉得他讲的没意思。"

倪　萍：人家问他为什么去打同学？他说："因为同学真的很讨厌。"

这位母亲很会教育孩子。孩子被学校劝退后，她最初的计划是好好教育他，再把他送到其他学校。但后来她发现在家里给孩子讲课，孩子都能按时完成作业，就让他在家里学，并且非常支持他的爱好。她真是在用心地教育孩子，真正实现了因材施教。

这个孩子就是在母亲这种教育引导下慢慢走向社会，成了一个非常好的老板，娶了一个漂亮的老婆，组建起了非常幸福的家庭，又生了三个孩子。

现在很多家长容易盲从，一听说别人家孩子去哪儿上学了，学校很好，就马上想把孩子送去，并不会仔细考虑自己的孩子跟别人孩子的性格、爱好是不是一样的。现在学校都提倡因材施教，其实做父母的更应该学会因材施教。

做父母的都希望孩子以后过得幸福，但千万别用固定的模式去教育孩子，别用自己的想法去定义孩子的幸福。

幸福是什么？有的大人可能都没搞明白，甚至工作了很久以后才稍稍懂得。

有一个清华毕业的研究生跟我分享过他的一段经历。他做了十年的工程师，赚到了一些钱，但是他觉得自己的人生过得没什么意义。他一天到晚都见不到孩子，早上走的时候孩子都去上学了，晚上回来孩子已经睡觉了，跟老婆也没有时间交流。后来他决定不能这样过，因为他觉得按照这样的活法再过十年、二十年也没什么变化，那跟死了没有区别。然后他辞职了，卖了大城市的房子，换了一个城市生活，找了一份很简单的工作，每天有大把的时间陪伴家人。他早上送孩子上学，白天忙工作，晚上按时下班，陪孩子在草地上玩、逛超市、吃饭。就这么简简单单地生活，他说很自在，很享受，很幸福。

倪　萍：他换了一份工作，也是一样为社会做贡献。晚上没事可以看看书，在小院里搞个小发明、小创造。最重要的是他觉得自己活得像个人了，以前活得像台机器，不停地运转，连夜里做梦都在奔跑。

我还有一个朋友，也是工作一直特别忙。有一天他就彻底不管了，去云南租了一个民宿，他吃完午饭就躺在阳台的沙发上晒太阳。他躺在那儿，不停地流眼泪。

他说："这才是自己想要的生活。"

晚上吃完饭没什么事情，他坐在那儿抬头就能看见星星，他说："我十几年没看过星星了，星星竟然离我们这么近。城里灯火辉煌，看不见星星，只能低着头看手机。"

倪　萍：当然，选择这样的生活是需要一定的经济基础的，这是他
　　　　们之前奋斗的结果。你已经奋斗这么多年了，你是有条件
　　　　让自己和孩子做这种选择的。

安欣很认同我分享的故事和想法，但还是会忍不住担心。

安　欣：我特别担心给他选择了那样的人生，可能慢慢地太清闲了，
　　　　该吃的苦没吃到，等我老了能量不足的时候，他就没有竞
　　　　争力了。

倪　萍：我们过去老提一定要吃苦，是因为那时候苦来了没有办法，
　　　　这个苦是一定要吃的，没有选择。于是我们就会用自己的
　　　　经验习惯性给孩子预知苦难，告诉孩子：你必须吃了苦才
　　　　知道甜。

　　　　可时代环境不同了，每个人的情况也是不一样的，所以每
　　　　个人要"吃"的东西自然也是不同的。苦和苦的意义不一样，
　　　　换个不用拼命竞争的地方去，另外一种苦也是不能避免的。
　　　　你说送孩子去德国学技术，不也是要认真、勤奋地学吗？
　　　　只是可能不用那么"卷"了。

　　　　在这个时代，像你们这种家庭里的孩子，如果说你让他很
　　　　舒适地上学、生活，那作为母亲要给他"吃"的是什么？

不是苦，是大量的知识养料。带他行万里路，让他长见识，了解历史，认识世界，带他阅读。那孩子在吸收了这些养料之后，就有了智慧，在遇到困难和面对问题的时候，可以用这个智慧去化解。

倪　萍：我们过去吃苦是没办法，就像是没有鞋穿，也要学会在这条土路上走下去，哪怕是把脚磨破了，也要咬着牙走下去，这是因为没有鞋！现在我们有鞋了，难道非要为了吃苦脱了鞋去走路吗？有必要吗？整天担心孩子没有吃过苦，以后过不好，这么内耗自己，又折磨孩子，真的很荒谬。提前跟孩子说带他吃够了苦，说以后我们老了他们才能怎样，这个伤害太大了。

父母真正要担心的就是孩子没有知识，没有见识，没有这些以后才会吃苦的。

因为知识改变了我们，在很多困难的时刻拯救了我们。人生中遇到的那些困难，只要你有个健全的人格，都有克服困难的本事和能力。

当然那些从苦难里努力拼搏走出来的人也特别值得尊重，但苦难本身并不值得赞颂，人不吃苦一样也可以过得很好。

3. 很多老人不可理喻的爱，其实是在找存在感

　　家家都有本难念的经，很多结了婚的女人都会面临与老公、婆婆相处的问题，安欣也不例外。一个高知女性和从农村走出来的老公、婆婆之间是一定会有碰撞的。

　　安欣的老公是农村出身，通过自己的奋斗在大城市定居。两个人感情挺好的，可是婆婆一来，他们就会有一些话题是不能碰的。

安　欣：他家的事情我是不能触碰的。目前我们处理的方法就是我们互相尊重对方的一块领域，不要碰。有时候我在想，如果两个人真的很相爱，是不是没有什么秘密或不能触碰的领域。我们现在这种状态，会不会不算是真正的特别相爱？

倪　萍：我觉得你们的做法特别聪明，很多人通常的做法就是直视矛盾。比如，你对婆婆有意见，就想跟她争这口气，但又因为足够善良，不会对婆婆怎么样。

　　　　如果你非要与她争个对错，结果会怎样呢？你在你丈夫心里会越来越讨厌，因为这是他母亲，他的母亲就算有一万个不对，在他眼里都不是什么大问题。但他会觉得你不够善良，不够好，容不下她。

倪　萍：其实，你有很高的文化修养，也确实不应该跟一个农村老
太太去计较，要由衷地对她好，因为这是你先生的母亲。
再换一个角度想，有的时候你努力地想给孩子营造一个很
好的环境，可是如果家里没有温暖，孩子是能够感受到的，
所以一定不能有任何冷漠的情绪。就像我们体内有了湿气，
就特别容易生病，一定要内调把湿气排出来，才能恢复一
个健康的状态。这个家的轴心是你，所以这个工作需要由
你去完成。

她是你的婆婆，一个老人她不可能会改变传统的价值观、
世界观、思维方式，真的什么都改变不了，而且她在你家
里还占了这么一个重要的位置，所以你没有选择。

我们的日子都是由零零碎碎的小事凑成的，也就避免不了
发生矛盾。生活中的一些琐事，一些矛盾，其实都可以很
柔软地处理。很多人和婆婆发生矛盾会直接和老公诉苦，
做丈夫的安慰可能都是"行了行了，我妈不对"。可在他
内心里，其实并不会这么认为，他心里会有一万个理由替
他母亲辩解，而最后伤害的其实是你们夫妻之间的感情。

你这种回避的处理办法真的挺好的，但不要刻意地冷回避。
比如婆婆做错了一件事情，你丈夫看到了，你也看到了，
你甚至可以在丈夫面前替老人开解："老人这样是很正常

的，可能我们到了晚年连这样都做不到呢。"

倪　萍：用你最大的善意去理解她，你丈夫会知道的。等将来你们到了晚年，你儿子娶了媳妇可能面临一样的问题，你的丈夫会特别欣赏你现在的这种做法，前提是让他看到你的真心和善良。

对老人的善良是什么？想着她是我的婆婆，我怎么对待她内心得有一杆秤。这杆秤我觉得是对修养和道德的要求。

安　欣：倪萍老师，那您觉得跟家人之间需要追求公平吗？

倪　萍：很多时候不公平才是日子。非要追求公平，家人的关系就冷淡了，就会发生更多的矛盾。其实很多男人不怕女人没有挣到钱，也不怕女人没有照顾好他，但特别怕的就是女人对他的家人不好，那种不好会让他看到一些真实的面目。每个人本性上都有偏私。

我记得当年穷的时候，我妈买了两件看起来差不多的红色羽绒服，一件大的，一件小的。上手一摸一件内里是很松软的羽绒，另一件可能连鸭毛都不是。然后我妈把贵的给了我，便宜的给了我嫂子，还跟我嫂子说："想给你买和你妹妹一样的，没有你的号了，跑了几家店都没有。"

过后我问我妈："真没有这个号？"我妈说："差不多行了。"

倪　萍：后来这事让我姥姥知道了，她点着我妈的脑袋说："你就是个彪子（傻子），真不会办事。你该倒过来，你就是给你闺女买个鸭骨头的衣服她也不能生你的气。你倒好，给你儿媳妇买了一肚子气。你买两件一样的没有错，你单独给你闺女买也没有错，你这么比着给你闺女买好的，给人家买糙的，你是精是傻？人家孩子是个傻子？聪明的婆婆对儿媳妇要比对儿子好，儿媳妇天天和你儿子在一块儿过，你这是给他们合呢还是给他们拆呢？你这就是挑事啊！你记住孩子，会说的不如会做的。"

我姥姥，多么聪明的老太太！我妈这还是有文化在职场上工作的人。

安欣，像你这种冷处理方法是不错的，但也可以更进一步，真正意义上做到对她好，让着她，不去和她计较。你婆婆确实有很多地方做得不好，而你的修养和文化足以能够包容、接受甚至拥抱她。

安　欣：婆媳关系的问题，主要是在我生了孩子之后产生的。婆婆一定要过来带孩子，她就特别担心我把儿子教成一个北方的孩子，因为我婆婆觉得她教的孩子才是南方的孩子。她思想很传统保守，比如说孩子多吃口面条她都会受不了，就觉得这个孩子不是自家孩子了。我们只是觉得小孩子吃点面条好消化。我给孩子做了面条吃,婆婆先是把面条放在那儿,然后会偷偷地在我转身忙别的事情的时候,赶紧给孩子塞一勺米饭,生活中有很多这样的问题。

倪　萍：哈哈,固执的老太太!没事,这都是可以忽略不计的小事。你婆婆和妈妈是都住在你们家吗?

安　欣：我妈和我婆婆太难沟通了,而且吃饭也吃不到一起。后来没办法就把我妈送回去了,只有我婆婆在,可我俩单独相处的时候,有些问题真的是回避不了。

我从小受到的是自立的教育,自己要干活儿的。我们现在的生活也是,平时我老公的袜子、内裤都是他自己洗,但婆婆在的时候她老是不让我老公干活儿。我老公 30 多岁了,婆婆还要给他洗内裤,我就特别受不了。我就让他自己去洗,但婆婆就会很生气,她就觉得为什么男人要干家务活儿。

倪　萍：真是当娘的不知道怎么疼儿子了。

像不让你丈夫洗袜子、内裤,不让孩子吃面,等等,可能大多数女人遇到这种情况都受不了,也都处理不好。可我觉得你应该能放下,就按你婆婆说的办吧。索性就把这当作修炼自己的机会吧!你如果能够承受这些,接受这些,那你在真正意义上就是善良的人,通透的人。

倪　萍：为什么得理解她呢？因为她没有读过书，她真的觉得自己
　　　　的这些行为是对孩子好，她真的觉得男人不应该洗袜子、
　　　　内裤。
　　　　你试着换个角度，在人性的本质上劝慰自己，也就慢慢能
　　　　够接受她了。就让老太太这样去做，能怎么着呢？纠结这
　　　　个袜子、内裤由谁去洗，这个能改变什么吗？一点都不能。
　　　　反而你让她按照自己心意去做了，容纳了她，你会是一个
　　　　特别了不起的人。

安　欣：我就是不想吵架，我觉得家里面和和气气的就好了。我老
　　　　公有一个想法，他说你就让我妈给我洗吧，我妈在这些事
　　　　情中能找到存在感。

倪　萍：你丈夫说得特别对，我真觉得他很通透。父母对孩子付出
　　　　什么都是幸福，老了特别怕在儿女面前没有用，特别是自
　　　　己没有钱而又住在有钱的儿子和媳妇家。如果她是个千万
　　　　富翁，她一定不是这个架势，也不是这个心态。她这种情
　　　　况是因为内心弱小，而且她自己意识不到，但又觉得这是
　　　　她儿子，她是母亲，她努力地想帮儿子，这里边渗透着一
　　　　种母爱。

安　欣：竟然是这样！我一直以为这是他在找借口！

　　安欣很善良，也很有智慧。我明白，她遇到这样的婆婆，内心一定很委屈，但是又会努力地维持家庭和睦。我希望她能真心地扭转过来，不是内心委屈，而是和她丈夫一样，明白老人是在找存在感。

倪　萍：老人在身体条件允许的情况下，特别想干活儿，就让她干吧。比如她要洗碗，哪怕她洗不干净，那你再洗一遍就是了。你接纳了她的选择，也是在经营自己的感情。

　　　　所有的感情都是需要用心去经营的，随着年龄越来越大，还有多少激情呢？剩下的是亲情。亲情可淡可浓，而且越扯越淡，越不在乎越淡。聪明的人就会让感情越聚越浓，如果你成为这样的人，内心就会更丰盈。

安　欣：我婆婆得病那几年，我们俩的关系非常好，因为那个时候她觉得我比她女儿还好，关系就到了巅峰。然后我就特别害怕这个巅峰过了再有一个什么转变，所以想着见好就收吧。后来她病好了，孩子也大了，就送她回了老家。

　　　　她走了以后，没有那么多的矛盾，自然也就不用花心思去处理这些事情。

　　　　我婆婆很怕孩子跟我家的人生活在一起，如果我妈在的话，我婆婆心里就特别不舒服。她特别担心孩子像我家人而不像她家人，她可能从孩子生出来就开始担心这件事。所以呢，我干脆公平一点，两边都不需要，我自己来就行了，哪怕自己辛苦一点，但是对孩子、对父母都是个很好的选择。

倪　萍：啊？现在这样的婆婆不多了吧，有点强势哈。

孩子受谁家的影响，其实作为知识分子都懂得怎么去处理。有个核心的价值观，好的东西不管是谁家的，我们都可以去教给孩子。不好的东西也不管是谁家的，尽量不影响孩子。这个度，需要由自己掌握。

我很感谢安欣这么信任我，跟我说了这么多，我也真心希望自己的一些想法能多少帮到她，让她不那么困惑，内心更宽松一些，日子更顺心一些。

其实我发自内心地觉得，安欣的这些问题真的特别有代表性——有知识的人和没知识的人的自然碰撞，一点一点地在生活中体现出来，而他们又是亲人，有些话不能说。

临分别的时候我对安欣说："把时间花在你的爱好上，买你喜欢的东西，快乐地过你自己的生活。每个人的家庭里可能都有与自己生活理念不合拍的人，真没必要争高下，争公平，争对错，更没必要执着地想改变对方。"我们最后以拥抱表示了再见。安欣是个温暖的女人，希望她更加幸福。

人生问答题

当你遇到婆媳相处不洽的情况时，你会选择:

A. 敬而远之，当个亲戚走动，不撕破脸就行了。

B. 提升自己的接纳阈值，做个通透又不失分寸的人
   妻与儿媳。

后来的我们

　　三年的疫情终于结束了，孩子恢复了到校上课，我们恢复了正常的上班生活，老人也可以自由旅行。看似一切正常的生活，在疫情之后显得更加珍贵。人到中年后少了很多野心，多了很多满足，这也许就是"不惑之年"的收获。用心过好每一天，珍惜身边的亲人和朋友，就让岁月这样恬静地流过。

——安欣

在陪伴家人和追求梦想之间，究竟该如何选择？

来访人小档案

昵称：嘉华

年龄：68 岁

婚育：已婚已育

职业：药品检验工作（已退休）

    嘉华是我们聊的这群人里年纪最大的一位，比我还大几岁，所以我叫她"小姐姐"。小姐姐很优雅，那天她一定精心打扮了一番，淡淡的妆容，衣着讲究。

1. 世上所有的事情都是有交换的

小姐姐一见面就说："我终于见到你了，我是你的粉丝啊！"

哈哈，粉丝哭了。她说她太激动了，来北京这几年第一次因为幸福而哭。我真不知道说什么，很尴尬，被赞美了却知道自己不值得被人家这么对待。

我赶快请她坐下。

两个老太太开聊了，因为是差不多的岁数，聊起来就很随便，家长里短地扯了一堆。像是见到了多年的老朋友一样，她一股脑儿地把自己的故事全向我倾诉。真的就是倾诉，毫无保留。我也很感动，素不相识的人能对你这么信任，是种荣幸。

有这样一群漂泊在陌生城市的老人，为了支持儿女的事业，照料孙辈，他们像候鸟一样，远离故土，来到一个陌生的城市。他们有着一个共同的名字，叫作"随迁老人"。

嘉　华：我从小就喜欢旅游，我的梦想就是周游世界。

年轻时困于工作和家庭，退休后就和老伴开始环球之旅，几年跑了三十几个国家。旅途中的见闻，充满新鲜感，美好迷人。但这种属于他们自己的老年时光，只持续了三年。小外孙女的出生打断了他们的旅行计划，为了照看外孙女，他们被迫来到了大而陌生的北京成为"老北漂"。

虽然隔辈带娃是如今社会存在的一个普遍现象，但这对老年人来说难免要在晚年自由与天伦之乐间纠结。从生活了几十年的熟悉环境突然"漂"到一座陌生的城市，他们不仅面临着生活环境、人际关系等各方面差异所带来的挑战，还要在本该休养身体的年纪，承担带孩子这项比工作更劳累，压力更大的差事，更别说还要努力地跟女儿、女婿学习新的育儿理念，真可谓身心俱疲。

见小姐姐讲到家庭时已经不似刚刚谈环球旅行那般愉悦，我想让她的情绪舒缓一下，就主动聊聊以前。

倪　萍：小姐姐，你比我大5岁，你这个年龄应该下过乡。你原来是做什么工作的？

嘉　华：我在福建插过四年队，之后去上学。我父母都是医生，我的工作是做药品检验，要做好我这个工作首先就得特别认真。打个比方，如果药品是不合格的，你做成了合格那就是人命关天的大事。所以年轻时的我是个工作狂，眼里容不了沙子，说一不二，做什么都要求十全十美。

倪　萍：十全十美的人活得累吧？曾经想过改变自己的性格吗？

嘉　华：非常累，我本来是可以干到60岁再退休的，但工作给自己的压力太大，于是 55 岁就选择退了。早几年退休的目的就是想卸下一辈子的责任和包袱，另外我也一直希望拥有可以自由支配的时间去实现周游世界的梦想。只可惜退休三年后，我女儿就生孩子了，我和我老伴只能来北京。

倪　萍：给女儿带孩子是被迫的？你不愿意？

嘉　华：肯定是被迫的啊，怎么自愿？我其实不愿意来嘛，但孩子需要我们，那怎么办啊？

倪　萍：你女儿知道你不愿意来吗？

嘉　华：她知道的，但她也没办法啊！年轻人工作压力也很大，两个人工作，一个人的工资要拿来还房贷，另一个人的工资用来养家。年轻如果不好好工作，老了以后的日子怎么过？

倪　萍：小姐姐，知足吧，三年转了三十几个国家，回国休息几年，等孩子大了，你们再接着转，多好啊！如今给女儿看孩子是你人生的另一个新职业。好多老人都特别愿意带孩子，有时候不让带还生气呢。你女儿小时候是谁带的？

嘉　华：我们那时候都自己带啊，关键是我女儿小时候可比现在的孩子好带多了。我女儿上小学的时候还不到 6 岁，她上学放学我们家长从来没接送过，都是自己去自己回，吃喝拉撒也都随着大人。现在的孩子太娇贵了，我女儿结婚八年才生的孩子就更宝贝了。生孩子晚的原因也是因为没人带，后来还是我主动说你都这么大年纪了，再不生孩子身体吃不消了，实在不行还是我来给你带吧。我女儿很孝顺，说不能把她爸一人丢福建老家，要生也得等我们两个都退了能一起过来时再生。

倪　萍：哈哈，小姐姐，你当初主动说了，实在不行你来给他们带，那你现在是觉得哪里委屈呀？你女儿够孝顺了，我都羡慕死了。

嘉　华：其实前几年还好，我们跟她婆婆轮流来带孩子，她婆婆每年也能来两三个月，她婆婆过来的时候我们老两口就又拥有了自己的时间。但这两年亲家母的老妈妈瘫痪在床，她就不能来了，这个情况我们都特别理解。我们老两口这几年就一直困在北京了，再加上疫情的原因哪儿都去不了，所以我们的心情就不是太好。

倪　萍：你女儿知道你们心情不好吗？你们有想过别的办法吗？比如临时请个阿姨照顾什么的。其实周末把孩子交给他们年轻人自己带，你们自己出去转转也能散散心啊，北京也有很多可以去游历的地方。只要心里有向往，哪儿都可以找到蓝天啊！

嘉　华：是的，我们现在也就是在北京城里转转了，请阿姨这个事情我们也讨论过的，就是怕请到不合适的。

倪　萍：世间哪有那么多圆满，天下最合适的确实只有自己妈，没
　　　　有别人了。小姐姐，我看问题出在你身上。

嘉　华：不全是我。目前的矛盾就是我女儿不放心请阿姨看孩子，
　　　　我们其实挺希望能找一个好阿姨把我们解放了。现在的阿
　　　　姨其实也有很好的，但是我女儿不放心。她对她的孩子宝
　　　　贝得不得了，吃穿教育都要参考各种育儿书籍以及教育专
　　　　家的话去做计划、实施，全家人都围着一个孩子服务。我
　　　　不爱惯孩子，年轻时我对女儿的要求就很严格，到现在我
　　　　女儿做了妈妈了还有点怕我。
　　　　我看到小孩子有什么不良习惯直接就批评纠正，但是他们
　　　　对孩子大多是哄着来，所以我看不惯。不过除了娇气，我
　　　　小外孙女其他方面还不错，今年 8 岁多，外语特别好。小
　　　　丫头很爱学习，二年级就已经自学了六年级的数学。她爱
　　　　看书，除了看适合他们这个年龄的课外书，还喜欢看一些
　　　　经济类或造地铁、造公路的工业类图书。

倪　萍：你看你多有成就感，八年都是你在带她，小姑娘这么优秀，
　　　　不也跟你的教育和照顾有关吗？大人的影响对孩子的成长
　　　　有潜移默化的作用。

嘉　华：这孩子有遗传性近视，为了保护她的视力，我们全家从她
　　　　出生起到现在都没看过电视。过去我最惬意的事，就是晚

上吃完饭没事躺在床上看看电视，多好的日子啊！为了这个小东西，我八年多没看电视了，每年就看一个春节晚会。

倪　萍：哎呀，小姐姐，很多老人为了孩子都这么做，你也不是唯一的，别给自己制造困惑。工作上你要能给自己打 10 分的话，你晚年的生活要我看也是 10 分，可是你愣给自己打 6 分，你的生活从年轻到现在都属于上上分。你在年近七十这个年龄，还这么健康，还有闲钱出国旅游。你走过这么多国家，穿得这么讲究，人这么精神，你就是上上等。你还帮女儿带出一个特别棒的外孙女！为了这个孩子你舍弃自己的晚年生活，八年没看电视也是一种牺牲啊！这种牺牲就是你的爱——你对你女儿的爱，连带着对小外孙女的爱。这种爱是无价的。

你对自己的要求太高了，有了愿望就想去实现，实现不了你就痛苦。其实你只要稍微降低一点标准，就会很快活。

咱们做个假设，如果你选择不帮你女儿带孩子，跟你老伴周游世界去了，国外去不了去国内，你的孝顺女儿应该也会理解和支持你的。随着外孙女一天天长大，随着你年纪越来越大，你内心会被愧疚塞满，这种情绪会一直折磨你。在他们最困难的时候，你明明可以帮却没帮，等你越来越老需要孩子帮助的时候，你会发现这个世界上最关心你的人只能是你女儿，甚至是你的小外孙女。到那个时候，一切都无法弥补了。当有一天你的小外孙女长大了，健康、漂亮、学业又好，可想到你这个亲姥姥在她小时候最需要你的时候，却享受自己的快乐人生去了，你会更不快乐。当然现在的孩子可能不觉得这是个事，但在你心里这一定是个事。

倪　萍：咱们这个岁数的人应该都有体会，这个世界上所有的事都是有交换的，即使是亲人有的时候也会这样。

嘉　华：你说得对，我就是过不去自己心里这道坎儿。

2. 所有的困惑和烦恼都是自己在跟自己对抗

看到小姐姐如此纠结，我能够理解她的处境，于是用我自己的想法开解她。

倪　萍：我儿子才 24 岁，如果有一天他结了婚有孩子了，我觉得我可以放下手里的一切去给他带孩子，只怕是他不需要。现在的年轻人，如果不是特别没办法，都不太愿意和长辈们住在一起。因为我们老年人的观念肯定和他们年轻人的不一样啊！他们害怕听长辈的"唠叨"，干脆离你远远的，让你眼不见为净。还有那种"妈妈觉得你冷所以你要穿秋裤"的"一切都是为了你好"的中国式家长的爱，更是会让年轻人感到窒息，想要逃离。所以你女儿、女婿愿意跟你们住在一起，让你们给他们带孩子，在很多老人眼里是大福气。

小姐姐不说话了，是因为我说得有道理吗？其实我内心还有另一种声音，那就是我们已经把儿女抚养长大了，就不用管他们的下一代了，生命本质上是属于自己的。年纪大了，其实属于自己的时间越来越少了，拿出剩下的精力去好好爱自己，也是对的呀！可我不敢说出口，怕小姐姐更纠结了。

倪　萍：我以前跟我身边年轻的孩子们讲话时也是特别直，只要是觉得关系够亲近，想要"语重心长"地说的时候，基本上都能把天聊死。其实跟亲近的人说话也要有讲究，因为话讲得太直太重就会不好听，关爱太过了会让人反感。咱们年轻的时候看《红楼梦》很不理解，为什么越亲越爱的人之间说话越狠。现在我们明白了，亲密无间也挺吓人的。

倪　萍：我团队里的人都跟了我一二十年了，跟自己的孩子也没什么差别，我对他们要求就挺高，希望他们能变得更好，所以有什么不妥的地方就忍不住说说他们。有时候他们觉得我说得太重受不了，我也挺委屈，我是越爱谁就越对谁好，对谁也会越严厉。

有啥不对的？这个世界上我应该最爱我的儿子吧？但我对他最严。不过我现在改变了，语言上、态度上都变得温和了，一切都商量着来，放过别人，也放过了自己。

我们团队中的小九是个特孝顺的孩子，她给父母在海南买了房，只为了让他们有个暖和的地方可以过冬，每年还出钱出力地安排他们到处旅游，细心妥帖无微不至。按说谁家养出了这样的小棉袄这日子该美得没边了吧？但是没有用，只要一想到女儿还没对象她爸妈就不快乐。她爸十几年前就把她的嫁妆甚至婚宴上用的酒都准备好了，只是一年又一年眼看着亲朋好友家的孩子都生到第三胎了，她还是单身，所以这孩子每次回家都有心理负担。你说你过的日子要是能换给她家，那不就叫人生大圆满吗？

你想想，如果你女儿到现在还不结婚不生孩子你会怎样？

你就可以自由自在和老伴周游世界从此没有烦恼了吗？

嘉　华：那我可能会更烦恼。

倪　萍：对！人都是这样，所有的困惑和烦恼都是自己跟自己在对抗和纠结。

嘉　华：小外孙女犯了错我批评两句他们都不让，跟我说现在的家庭教育都提倡以鼓励和夸奖为主，要跟孩子做朋友，保护孩子的自信心。这孩子总是夸不批评不会被惯坏吗？

倪　萍：这就像同一个屋檐下的两个平行世界，可能谁也无法认可对方的生活方式和教育理念，我们永远也给不出一个标准答案。但是可以试试打破桎梏，换一种方式去体验和理解对方。拿我自己的亲身经历给你举例，我的姥姥和妈妈的教育方式就是截然不同的。

我6岁之前是跟着我姥姥在农村长大的。小时候的事情我印象很深，姥姥的教育方式是最原始最朴素的，却让我深刻反思。孩子和我们的思想、认识、价值观都不在一个水平上，硬要给他们灌输我们的道理真的只会让双方生了嫌隙，彼此的心离得越来越远。懂事的孩子为了避免冲突，可能就再也不愿意跟你说实话了。

姥姥从来都觉得大人和孩子是平等的，什么事和我们说完了都要加一句"你说是不是"。

姥姥家的灶台门脸常年被火熏得黢黑，我在她做饭打风箱的时候喜欢拿树枝在上面画大公鸡。三四岁的孩子肯定画得很差，姥姥看到了却会说："哎，快点捂着哈，别叫它飞了，捂上哈，别叫它跑了！"可把我得意坏了。姥姥常说她年轻的时候也有条大辫子，我就在院子里的土地上用树枝画她，小脑袋，眯着眼睛，还有特别长的一条大辫子，长到姥姥一脚都跨不过去。姥姥会告诫家里所有的人"出去的时候别踩着我哈，别踩着我的辫子，踩着我就痛了"。为了保留地上的大辫子，姥姥好几天不扫院子，直到风把它刮得面目全非。

倪　萍：6岁回到青岛以后我就和我妈、我哥生活在一起了，我妈衣着朴素少言寡语，跟姥姥完全不同，她严肃得让人难以接近。记得小学开学前我为了显摆自己会写字了，用粉笔趴在家里地上写了满满一地板，心里觉得写得可美了。结果我妈下班回来看到以后，"啪"，扔给我一块抹布，"擦了！"声音不大，但是很冷。我的心突然一阵冰凉，透彻心扉的冰凉。从此再也不敢在地板上写一个字了，并开始躲我妈了。

姥姥用最直白的方法让我明白自己并非一无所有，凡事她总是往好的方向去引导，温暖了我一辈子。在教育孩子上，我也在用姥姥的方法跟孩子沟通。

嘉　华：我觉得这是我今天最大的收获。两代人之间就是彼此尊重，然后再给对方提点建议就成了。你的姥姥虽然没有很高的文化，但是她这种教育方式是很多有文化的人做不到的。

倪　萍：我姥姥只认识十几个字。最好的道理都藏在日常生活里，学会了便是成长。

小姐姐啊，我最后再说你一句哈，你的烦恼就是自己找的，十个人拿出来比的话你也能排在前三位。你经济好、身体好、家庭好，你没有一项是不完美的。福字就是"一件衣服一口田"，就是告诉我们够吃够穿就足够啦，人这一辈子，很难真的做到按自己想要的方式过一生。

和小姐姐聊了很久好像也没聊完，是啊，清官难断家务事，谁能说得清？

送走小姐姐，我想起这样一段话：

我们这辈子要是能够逃过天灾，躲过战乱，不遇到坏人，不生大病，已经非常幸运了，要是还能家庭和睦，收入稳定，爱人在侧，友谊长存，那真要感谢老天爷！

民间还有一种说法：活着不累是木头，不痛是砖头，不苦是石头。

哈哈，小姐姐，咱们都是有血有肉的人，有累、有苦、有痛是正常的，咱们共勉吧！

人生问答题

如果你心中有很多向往的事，却因为照顾家
人而无暇分身，你会怎么选择？

A. 在一段时间内放下对亲人的照顾，追求自己的
梦想。

B. 依旧照顾家人，适当调整节奏，给自己留有空间，
一点点地达成心中所愿。

后来的我们

今年，随着外孙女渐渐长大，她的独立性也提高了，也不再需要我们继续照顾她了。我和老伴终于可以享受属于我们的晚年时光，而我又可以继续实现周游世界的梦想。我已经约上了一帮老朋友，计划先去中亚一带走走，如哈萨克斯坦、吉尔吉斯斯坦等，之后可能会去南非。

梦想，其实就是让我们有了一个可以努力追逐的目标。梦想得以继续，也让我觉得生活比过去更加充实，更加富有意义了。

——嘉华

第五章

我与人生的战役

人这一辈子，一定要结婚才能拥有幸福吗？

昵称：惊蛰

年龄：26 岁

婚育：未婚未育

职业：大学行政教师

来访人小档案

　　惊蛰是一个特别漂亮的小姑娘，皮肤白净透亮，气质温柔端庄，也很会打扮。我们见面那天，她穿着一条黑色的长裙，戴着一对珍珠耳环，美得让人忍不住多看两眼，越看越喜欢。

1. 爱情，都是有条件的

倪　萍：惊蛰这个名字好呀，命好。

惊　蛰：真的吗？可是我觉得……普通。

　　说这话的时候，她的脸上只有一抹淡淡的苦笑。

　　我一听这么小的年龄，说起话来语气很沉，就知道这孩子可能心思重。就"命运"这个话题，我们简单地聊上了几句。

倪　萍：人家都说，命好不好就在于自己的认定。没有绝对意义上的好与不好，你看亿万富翁还说他们有很多苦恼，多么富足的人也还是没有知足的。

惊　蛰：物质上我也不追求，我觉得普通人的生活就很好。

倪　萍：人在物质上特别容易知足，就是精神上很难知足，特别是有头脑的人，精神上不知足就说明你是有脑子、有思想的人。

　　命运这个话题太大了，每个人都有自己的理解。聊过之后我们又把话题转回到了惊蛰的困惑——爱情与婚姻上。

惊　蛰：我不想结婚，想一个人生活。假如能够一直单身下去，到
　　　　了 30 岁、40 岁、50 岁……以后，还会过得开心吗？会生
　　　　活得很好吗？

倪　萍：你现在不找对象的原因是什么？

惊　蛰：没有排斥找对象，但不是很想结婚。

倪　萍：不想结婚的原因是什么？

惊　蛰：我是因为不喜欢小孩，不想要孩子。我觉得从男性的角度
　　　　来讲，完全不想要孩子的男生很少。

倪　萍：对，有你这种想法的人现在社会上也很多。
　　　　我挺羡慕你有这样的勇气，我们那个时候你说不想结婚，
　　　　不想生孩子，就会被认为是神经病。现在社会多宽容，允
　　　　许你有这样的想法。你现在是担心自己未来会不会像现在
　　　　这么快乐，对吧？

惊　蛰：对，也会想到晚年会不会孤单。

倪　萍：这个孤单，你觉得是因为没有孩子带来的，还是没有丈夫
　　　　带来的呢？

惊　蛰：我觉得孤单的反面是获取情绪价值，它可以是爱人提供的，
　　　　也可以是亲人或者朋友提供的。比如现在我单身，给我提
　　　　供情绪价值最多的是朋友。但我妈就会吓唬我说，你不结
　　　　婚，等以后你朋友都结婚了，你跟谁玩去？

倪　萍：当妈的都会这么说。你到了 40 岁就有 40 岁不结婚的朋友
　　　　和你玩，到了 50 岁又有 50 岁不结婚的朋友和你玩，这个
　　　　倒不是问题，重要的是你内心能不能承受。其实这个东西
　　　　你要问你自己，因为我不了解你是一个什么样的人。你是
　　　　一个能承受孤独并且享受这样的状态的人吗？

惊　蛰：应该能，我性格偏内向。比如说我出去玩了一天，就会觉
　　　　得很累，然后会很想自己待着，因为我觉得独处是一个积
　　　　蓄能量的过程。我自己待了一段时间，才会找朋友去玩。

倪　萍：但多数时候是不想出去，不想凑热闹吧。

惊　蛰：对，我自己也能待得舒服。我是大学里的行政老师，我们
　　　　那个部门是做数据相关工作的，多数时间都是在工位上忙
　　　　自己的事情，需要组织活动、见校友的时候相对少一点，
　　　　这对我来说会自在一些。

　　我们就这样来来回回地聊了好一会儿，我对这孩子的了解也
越来越多了。惊蛰从小就是这样稳稳当当的性格，一直也不闹腾。
关于恋爱和婚姻的问题，她妈妈虽没催但心里急，时不时地会说
一句半句的，都被她一带而过了。

　　我们渐渐聊得心思相通，所以我也敞开心扉大胆地说出了我
的想法。

倪　萍：这个世界太神奇了。神奇是因为结婚有结婚的好处，也有结婚的坏处。不结婚同样也有好处，也有坏处。如果要打个分数的话，谁的分数高，谁的分数低，还真不好说，要我说两者都是 55 分。接近及格，但都不完美。况且每个家庭的组合都不一样，亲人的性情也千差万别，有特别幸福的，也有天天吵架的。所以我没法劝说，孩子你一定要结婚，或者说，孩子你可以不结婚。因为你看我都 60 多岁了，也结过婚，也离过婚，也有孩子。你再让我选，我都不知道会不会像年轻时那么勇敢，为了爱情做很多傻事。

也许有一天碰到一个你特别喜欢的人，然后对方也想跟你结婚，你觉得离不开他，你们也就结婚了。再后来，可能他会说他真喜欢孩子，想要一个孩子，你也就真的生孩子了。这可能就是那种爱情的驱动力。

惊　蛰：我有一个朋友，她现在 33 岁，她老公比她大两岁，结婚几年了，感情很好，他们婚后的生活也很快乐。她觉得这几年的婚姻生活要比她自己在原生家庭的生活幸福得多。她刚结婚的时候才 20 多岁，说不想要孩子，她老公也说行，反正也都没玩够。现在过了 30 岁了，她老公觉得该要个孩子了，但是她的想法并没有转变，两个人就产生了矛盾。她甚至都开始咨询律师做准备了，怕万一哪天真离婚了。

　　两个人现在虽然还没有离婚，但也没有把要孩子这件事提上日程，她依旧没有改变想法。

倪　萍：啊？这应该是爱情消退了吧？

惊　蛰：通过这件事情我就想到了自己，我特别不希望以后我真碰到我特别爱的人，却在某一天会变成这个样子，我觉得那会很难过。她这种情况可能很少，但确实是存在的。

倪　萍：有的时候我们说，聪明的人不给未来做很多假设，因为所有的假设都是空的，很可能假设的一切都不存在，可你从来没有想过的事却来了。但是你可以回望过去，过去你走过的路，哪些不想要了，哪些还想要，你会知道答案，这是靠谱的。

　　人家说聪明人就是把当下过得特别好，看上去这是一个特别虚无的说法，但实际上是对的。你现在 26 岁，在我眼里是风华正茂的时候，一定要特别快乐地过日子，而且不能封闭自己的内心。要打开，有合适的男孩子就去恋爱，就去结婚，没有的话也一定不去凑合，不要为了避免以后孤单就随便嫁人。太独立的女人实际上获得幸福的难度更大。

　　你可想好了，一个人独自走完一生，会有许多实际的困难。你需要自由、独立，这是要付出代价的，这个代价就是你想的那样。晚年你也可以承受一个人的孤独和无助吗？

惊　蛰：我还没想好。但我认为精神独立、经济独立之后，结婚就
　　　　更加纯粹了，它的理由就是爱情，我要特别喜欢这个人才
　　　　会跟他结婚。爸爸、妈妈那个时候，他们可能有经济上的
　　　　困难，两个人过日子会比一个人要更容易一点。但是现在
　　　　不存在这种问题了，我在经济上没有需要互相支撑的地方，
　　　　我要结婚唯一的理由就是喜欢这个人。只剩情感上面的需
　　　　求，这个人反而不好找了。

倪　萍：别那么悲观，孩子。先打开恋爱的门，别预设那么多不可
　　　　能。世界那么大，总会有一个人在那里等你，你要有信心。
　　　　我很同意你这个说法，你只能是因为爱情去结婚，别的肯
　　　　定无法驱使你。但是我还要告诉你另外一个说法，人生真
　　　　的没有下辈子，作为一个女人，而且是一个很漂亮的女人，
　　　　拥有很多做女人、做妻子、做母亲方面的优秀条件。你这
　　　　辈子没有一个男人去爱你，去跟你一起生活，至少是有一
　　　　些遗憾的。

惊　蛰：我希望有，但是不确定什么时候会出现。

倪　萍：有人常说这是靠命运或者叫顺其自然，这个说法我不认同。
　　　　顺其自然和命运，这都是人们对自己的安抚。你内心要有
　　　　这个向往，你需要清楚地知道自己要什么。

倪　萍：你可以选择不要孩子。很多人说孤独是一种享受，可是和
　　　　爱的人在一起，也有另外的幸福。孩子，我还不是吓唬你，
　　　　你现在可能会觉得自己年轻，可真到了 30 岁、40 岁也不
　　　　会变吗？50 岁、60 岁呢？不会变老吗？会老的，那个时
　　　　候你的选择就特别少了。

　　　　有人说真正的爱情是不看外表的，其实是看的。爱情本身
　　　　是一种抽象的、美好的感受，但爱情发生是有前提条件的，
　　　　只是每个人的条件和要求不一样。

　　　　所以，孩子，心怀美好的同时也要面对现实，这样更容易
　　　　接近幸福。

2. 如果你和喜欢的人，性别相同

　　爱情从古到今都是个奇妙的难题，它很美好，也让人困惑，
有时候甚至要花一辈子的时间才能琢磨出自己的答案。

　　惊蛰现在就被困惑着，越想越纠结，越纠结问题越会此起彼
伏地往外冒。

惊　蛰：如果现在不找对象、不结婚，以后想找的时候会不会就找
　　　　不到了？

倪　萍：当然！所以你在这事上要积极。怎样算是积极呢？就是你
　　　　对接触过的人都要有一点去了解的愿望，假如说看人家一
　　　　眼，你就认定了不喜欢，这也挺傻的。如果说遇到那种觉
　　　　得能接受外在条件的人，也可以一起吃饭去进一步接触，
　　　　聊一聊。

惊　蛰：我们那儿一位教社会学的教授也说过这个问题，像我们这
　　　　些"90后"，很多都是独生子女。即使后来开放二孩，有
　　　　比自己小十几岁的弟弟妹妹，也已经完全不算是同龄人了，
　　　　所以我们这代人会更难找对象。

倪　萍：的确是这样啊！像你这个年纪的孩子，我们这个年龄的人
　　　　看你们就会觉得你们拥有的太多，因为父母都给过了。而
　　　　且你们又正好赶上一个中国高速发展的时代，吸收了世界
　　　　各地的文化、信息和知识，包括你的世界观，很大程度上
　　　　是高于你这个年龄的。于是在你拥有了这么多的时候，会
　　　　去要求对方也是一样的，因为在内心深处你的标准就超越
　　　　了现实的标准。

　　　　实际上，每个人还是要过很具体的日子的。可是你不想找
　　　　一个特别老实的、对你挺好的男人，仅仅这样你是不会喜

欢的。这样的男人在我们父母那个年龄段的人来看，简直
就是太好了。现在的女孩又有了更高的要求，除了这些好，
还要事业有成，最好风流倜傥，形象不过关你会觉得我为
什么要领着你出去，还不如我自己逍遥。但你想逍遥多少
年呢，逍遥到四五十岁？

惊　蛰：那就不知道了，我觉得等到自己年龄大了，想要的东西估
计就会不一样了。

倪　萍：你这么智慧还不会看周围的人吗？你从小到大就没有遇到
过心动的男人吗？

惊　蛰：高中的时候有个男生，他比我小一届，我们有一段时间一
直有比较亲密的接触，但是没有在一起。我们都在北京上
大学，但不在一个大学里读书。我们没有真正在一起过，
最后也没有继续往前走，觉得为什么总差一口气。我想，
可能是因为诚意不够或者是感情不深。

倪　萍：你觉得他差一口气，还是他觉得你差一口气？

惊　蛰：我高中的时候很喜欢他，到了大学之后，随着年龄增长可
能我对他的滤镜没有那么厚了，而且大一到大三是没有联
系的，大四又恢复联系在一块儿相处了一段时间。他可能
心里想的是，你怎么不像以前那么喜欢我了。我心里想的
是，你好像一直也没有像我喜欢你那样来喜欢我，结果就

不了了之了。

倪　萍：你性取向没有变过吧？

惊　蛰：呃！

听到这个问题后惊蛰安静地思考了一会儿，没有立刻给出答案。

倪　萍：喜欢女孩吗？

惊　蛰：唔……不排斥。

倪　萍：在这两者之间，会更依赖你的闺密吗？

惊　蛰：但是现在的闺密都不是，没有拿闺密当成恋爱对象。

倪　萍：那你是有这方面的倾向吗？

惊　蛰：我觉得我要是喜欢这个人就是喜欢了，性别可能没有那么重要。但是我总觉得在现在这个社会或者家庭的环境中，这种事很难成。

听到惊蛰说这个，我必须承认，我被她惊着了。我很久没有说话，我为什么才意识到，她有这种可能！我真不知道她的选择是对还是不对。

倪　萍：孩子，这事你要认真起来，如果是那样，从此你会走上一
　　　　条很苦的路。从人性的角度看，我其实挺尊重每个人的选
　　　　择的。但是人生不是自己独行，而是要在社会上生存。社
　　　　会堆出的这一圈高高的围墙，没有一处能够给你一条通畅
　　　　的路，从单位领导到家长到所有人都会觉得你不正常。
　　　　实际上，我们都知道这在人性上是一个生理和精神上的双
　　　　向选择。有相当一部分女孩对男性始终就不积极，也没有
　　　　兴趣。或者觉得反正往前走着，碰到了再说。但很可能就
　　　　算碰到过合适的，一个男孩挺好的，你也不喜欢，那可能
　　　　在性取向上有潜在的同性倾向。我觉得如果真是这样的话，
　　　　你这个年龄应该能判断出来自己是不是这样。
惊　蛰：其实十几岁的时候我就知道了。在感情上我对性别卡得不
　　　　是很严，但高中的时候有喜欢的男生，后来也没有把这个
　　　　当回事。
倪　萍：那你喜欢过女孩吗？
惊　蛰：没有，所以我没太把这当作一个问题。

　　我的心情稍稍放松了一点，性取向在十几岁的时候就能够显
现出来了，只是孩子还不清楚，宣传也不到位，一味地把这个归
类成道德问题。

倪　萍：孩子，但愿你不是。不是不好，是不容易，太艰难了。在现在这个社会，这样的人被很多人指责。凭什么？但是它就是这样。首先你会让你父母很"难堪"，这种"难堪"在知识文化结构上是很难打破的。

　　　　我要劝你，现在积极地找男朋友，你能接受吗？

惊　蛰：我身边有向我示好的男同事，虽然我会觉得他人不错，但自己心理上觉得他可能没有达到我的要求。我跟我妈描述过那个人，那个男生的手受过伤，至今仍留有很大一块疤痕。他的情商很高，说话很有礼貌，让人很舒服，但是从一开始我就没考虑过他。

倪　萍：是因为他的手？

　　　　过了很久，惊蛰都没说话，她的表情给了我答案。

惊　蛰：我大学刚毕业的时候，我妈给我介绍过她同学家的孩子，就问我，那个谁家的小孩你要见一见吗？我觉得自己太小了，刚大学毕业，就不想见。

倪　萍：你不会主动说让你妈帮你找找，看有没有合适的是吧？

惊　蛰：不会，我休息时间都安排得很满，我这个周末跟这个闺密玩，下个周末就去跟另一个闺密玩，我自己再留点时间独处，看看书或者做点什么，没有时间去主动接触男孩子。

倪　萍：这是你逃避的方式吗，孩子？因为你和闺密玩十次都一样，
　　　　顶多换个地方玩，换个地方吃对吧？还是你内心不太想。
　　　　那你和闺密会不会有在一起生活的意思？

惊　蛰：没有，没有，就是一起玩。

倪　萍：孩子啊，我觉得所有能成为选项的选择都值得尊重，即便
　　　　是喜欢和自己性别相同的人也没有错，这是我的理性思维。
　　　　但我如果是你妈就会拦你一下，别往这条路上走，走上了
　　　　肯定会很难。

3. 放眼看一看，幸福的人很多

　　很多做父母的人还没有意识到，在现在这个年代，婚姻并不
是孩子的必修课，它只是获取幸福的一种选择。所以，老一辈人
总是忍不住催婚，可越催孩子们越烦。我知道像惊蛰这样，对婚
姻不积极的孩子太多了。

倪　萍：我们团队就有两个女孩，快 40 岁了，坚持不结婚。我开

始也是劝她们，后来她们把我说服了。她们的说法在我看来既幼稚又很实际，她们说："我一个人能够养活自己，我有房有车，为什么再去找一个？为什么要去承受那些不该承受的苦难？"

听我说了这些，惊蛰又和我分享了她亲戚家里两个姐姐的故事，我也更加清楚她为什么对婚姻这么抵触。

惊　蛰：我大表姐现在已经快 40 岁了。她小时候因为发烧，留下了比较严重的癫痫后遗症，需要终身服药，而且会影响生育。她最初有个相处很好的男朋友，到谈婚论嫁的时候因为这个问题没成。后来她认识了第二个男生，他和表姐是一个单位的，我表姐现在做到科长了，那个男生是我表姐领导的司机。他们在工作上地位差了一大截，在家境上也差很多，我表姐家境很好，男方家境一般。如果不是表姐身体有问题，估计是不会嫁给他的。表姐婚后跟婆家也有一些矛盾，语言上各种摩擦。后来他们有了孩子，幸运的是孩子很健康。但是之前的那些矛盾还是存在，不会因为这个孩子出生就消失了。后来在孩子 1 岁多的时候，表姐夫有点家暴倾向，他们就离婚了。那时候赶上过年，事情闹得比较严重。孩子最后判给了我表姐。这事过去好多年了，他们的孩子现在都上小学了。

惊　蛰：二表姐家里信佛，她从 16 岁开始到现在一直吃素。她现在快 30 岁了，身体不是很好，营养不足。她是学艺术的，之前北漂过一段时间，当时做设计工作，有时候会熬夜加班，身体很虚弱。她 26 岁的时候来我们家，我爸妈在医院工作，就带着她去体检。正常来说，这个年龄原本应该是身体各项指标最正常的时候，但是她的雌性激素已经在正常值的最低线了。

医生嘱咐我妈妈说，如果可以的话让她早结婚早要孩子，要不然她的激素水平对以后的生活会有影响。因为她这个身体状况是会影响生育的，所以我姨夫很着急她择偶的问题。

我跟我这两个表姐不一样，我是不喜欢小孩，我跟小孩处不好，所以我不想要孩子。但是我切身体会到孩子对女性当下或者未来婚姻生活的影响，这让我感觉很不好。您看，因为身体不好，婆家就会跟你闹成那个样子。另一个也是因为身体原因，就要着急找对象。

我不想这样。

我的原生家庭很好，爸爸、妈妈都很爱我，但是从这两个

表姐身上，我没有看到让我憧憬的婚姻生活，包括与孩子
的关系。我没有从她们身上看到女性原本应该拥有的幸福，
看到的更多的是一种困境。当然我身体很好，我只是单纯
不喜欢小孩而已。

倪　萍：你要是不喜欢还真可以不要孩子，我觉得婚姻还是比孩子
重要。真不喜欢孩子，那你抚养孩子的痛苦就会翻倍，对
你的孩子也不公平，但也别怕没有孩子晚年会孤独。你看，
像我现在这个年龄的人，哪一个敢出来说"我生孩子，就
是为了将来让他照顾我的"？你只要能抚养他长大，把他
送进一个好的学校，送上一个好的跑道，做父母的任务就
完成了。这两个表姐对你的影响的确是巨大的，因为这个
影响不是说教，是你亲眼看见的，你又是一个很会思考的
孩子。

抛开这一切，你现在扪心自问，现在这种状态你自己满意
吗？快乐吗？幸福吗？

惊　蛰：我现在还是满意的，假如说我要往下再走一步，可能就会
有一点焦虑了。比如说遇到喜欢的人，他可能会给我提供
闺密提供不了的快乐或者陪伴，但是我也要面对新的问题。
从生育角度看，我觉得孩子是要出生在一个全心全意爱他
的家庭中的。

倪　萍：不过我也可以断定，一旦你真有了孩子，你不会不喜欢，
　　　　说不定会特别喜欢，特别爱他。

惊　蛰：会，的确会。

倪　萍：只是说有孩子之前不想接受，因为你看到的都是不好的一
　　　　面，这么多年一定会对你择偶有影响。
　　　　但还是我之前说的那句话，你这么好的一个女孩子，正值
　　　　青春，要相信美好，相信爱。

惊　蛰：我就是感觉很难碰到好的。

倪　萍：不是我吓唬你，孩子，就怕等你碰到你认为好的你就老了，
　　　　老了也就更难碰上你认为好的了。单纯的爱情是没有的，
　　　　没有条件的爱情也是少有的。很多人说真正的爱情是没有
　　　　条件的，胡说，都是有的。就算没有物质要求，也有精神
　　　　层面的要求。

惊　蛰：两个人都要对对方有所求，才会在一起。

倪　萍：对，求美也是求。你的外貌条件非常好，要按《黄帝内经》
　　　　说的找媳妇就要找你这种面容饱满、五官大气的女孩子。
　　　　你看，你穿这么好看的裙子，戴这么漂亮的耳环，很多男
　　　　孩都会喜欢你的。
　　　　你试试，如果试到三十几岁，见过几个男孩之后，发现自
　　　　己始终很反感，都不喜欢，那个时候就可以放下。或者你

回头发现自己喜欢跟闺密在一块儿，那也是另外一回事。
现在你还什么都没有，太早给自己定一条路，多可惜。

倪　萍：你那么热爱生活，你一进门我看见那么漂亮的指甲，就知
道这个女孩挺爱自己的，明白自己要过有品位的生活。

人需要跟自己的内心对话。我常问自己，如果我没有家，
没有丈夫，没有孩子，我会不会很孤独？可我不是要享受
孤独吗？人是贪婪的，不会只想要一面，如果你只想要一
面，你早就满足了，你的所有痛苦都源于你不满足。

你现在这么年轻，要趁着生命力旺盛去过精彩的生活。你
要知道，不同的年纪，生活的风景是不一样的，你都不知
道我有多么羡慕现在的你。

婚姻生育只是一种选择，但幸福是值得每个人追求的，你
值得拥有。

孩子，你放眼看一看，幸福的人很多。往前走一步，就是
海阔天空啊！

惊蛰走了，我都不知跟她说了些什么。这些话可能有用，也
可能没用，因为她心里好像已经有了答案。

人生问答题

如果你在适婚年纪还没有遇到爱情，你会如
何面对婚姻问题？

A. 积极寻找结婚对象，接受相亲安排，遇到还算合
   适的人就结婚。

B. 对婚姻不强求，努力提升自己，宁缺毋滥，做好
   单身一辈子的准备。

后来的我们

事情的发展不算顺利。

两个月前我经历了一次非常粗暴的上门相亲，做出

这一行为的是我母亲的朋友。她很爱为年轻男女牵线，在

没有告知我的情况下，替我和我看了照片没有眼缘的男士

约了见面，并且来我家找我谈话，希望我能改变主意，在

被我再次拒绝后无礼地指摘了我的年龄、对亡父的不顾和

对母亲的不孝。

而我母亲在旁很知趣地全程保持沉默。

那时我刚过 27 岁生日，好像跨过了某个分水岭，身

后有人持械驱策，而跨过之前我没有做准备，只有一点模

糊的知觉。

我最终坚持了自己的决定，没有同意。面对这种行为，我对相亲的厌烦也达到了顶峰。

我不排斥亲密的情感关系，但我对违背我想法的施压也决不会退让。

倪萍老师当天希望我敞开心怀，看到亲密关系中美好的一面，在和倪萍老师聊天的过程中我感到很温暖，心里某个位置好像已经舒展开。倪萍老师最后的感觉没有错，我心里是有答案的，我也有我的坚持，我会带着这种珍贵的温暖，继续向前走。

——惊蛰

女性的生育期撞上职业发展期要怎么抉择？

昵称：天霞

年龄：30+

婚育：已婚未育

职业：建筑媒体工作

来访人小档案

天霞，人如其名，是一个自由自在的知识女性，说话很爽快，和别的女子相比很特别。她试图过一种不一样的生活。过去八年里，她放弃建筑工程师的职业，转身投入自己感兴趣的媒体行业，为此还去国外进修了一年。她执导的一部有关北京胡同的纪录片在双年展中获奖。她长得非常美丽，妆容精致，看起来挺开心的。

1. 女人什么时候生孩子最合适?

天　霞：我大学本科学的是市政工程，属于工程师类的工科专业，
　　　　又读了个工程师相关的研究生，毕业之后就一直做工程师。

倪　萍：算是典型的理工女吗？

天　霞：不，后来我发现自己一直找不到心中的热情，就主动跳到
　　　　传媒领域，在媒体行业做一些编辑类的工作。做了八年媒
　　　　体编辑之后，因为工作需要吧，同时我也觉得我的英语和
　　　　专业程度可能还需要提高，于是申请了伦敦的一所传媒大
　　　　学继续深造。

倪　萍：你这经历像过山车啊，大跳跃式的转换。能说你是一个特
　　　　别有追求或是一个胆识过人的人吗？你的作品能在双年展
　　　　上获奖也是挺了不起的。

天　霞：其实算不上作品，就是我为公司拍摄的一些视频吧，是用
　　　　镜头记录北京胡同改造更新的一个过程。其实有点像项目
　　　　回顾的一个小纪录片，是一次跨界的尝试。
　　　　现在我刚刚结束自己的留学生活回到国内，我先生和他的
　　　　同学合伙创业开建筑事务所。他的工作也很忙，我们夫妻
　　　　二人都是工作狂，结婚好几年了一直没敢要孩子。我今年

30 多岁了，最近一直犹豫是不是该要孩子了。可是如果要
了小孩，事业又要被耽误几年，我计划中的工作目标要怎
么去完成？我对我的职业规划有点严苛，要按部就班做到
最好。

倪　萍：我个人觉得，人生的计划其实可以放长，长到 80 岁都没
问题。我们通常觉得干事业的好时光总是有限的，仅在年
轻的时候，但这要看具体的职业，你这个职业有时间上的
紧迫感吗？

天　霞：其实也没有太紧迫。

倪　萍：那你生完孩子再接着干呗。有了孩子以后，你对行业的理
解一定会有变化的。女人做了母亲之后对事物的认知会产
生很大变化，这种变化可能是颠覆性的。有的时候连世界
观都会发生变化，而这种根本上的变化可能自己都意识
不到。你会因为孩子而对所有的生命，包括生命跟世界的
关系、跟自然的关系、跟天地的关系，都产生完全不一样
的理解。你要是还继续从事建筑媒体这个行业，我建议你
先开始母亲这个角色，但前提要看你跟你老公的婚姻是否
稳定。

天　霞：目前还算稳定，但是我知道所有东西都不是长久的。

我笑了，现在的年轻人什么都明白，我还在瞎嘱咐。

2. 人只要自己不抛弃世界，世界就永远不会抛弃你

倪　萍：目前对你来说，生育一个孩子所需的条件已经完全具备了，
　　　　你就抓紧生吧。《黄帝内经》里说，女子 18 岁到 28 岁是
　　　　生育的黄金年龄。28 岁以后再生，你要对未来可能发生在
　　　　孩子或你自己身上的问题做好准备。当然了，今天我们的
　　　　医学发达了，可能不会像古时候那样产生很多健康隐患，
　　　　但是你都已经到高龄产妇的年纪了，如果还有做母亲的打
　　　　算宜早不宜迟。

天　霞：我挺纠结的，很害怕被怀孕生子这些琐事牵扯住。我对我
　　　　的职业生涯可能会出现至少两年空档还是有些恐惧的，怕
　　　　竞争者太强，怕重返职场后自己跟不上时代。

倪　萍：你希望某天能在你的职业生涯里登上珠穆朗玛峰，有这个
　　　　目标和规划当然很好，但想登珠峰的人既可以今年尝试登
　　　　顶，也可以明年尝试登顶，只要时刻在为登顶这个目标做
　　　　准备，这个准备包括思想上的准备、文化上的储备、身体

上的调理，说不定哪天就很轻松地登上去了。

倪　萍：我们经常把时间仅仅看作时间，其实老话说的是"磨刀不误砍柴工"。你不要把怀孕和带孩子的生活想成是吃饱了睡，或睡醒了吃。你的家庭有很好的经济条件，完全可以把这段时间安排好，比如用这段时间真正地去看世界。

人有的时候得逼着自己静下来，去陌生的地方流浪，才能体会出自己生命真正的模样。走到陌生的城市或乡间，沉醉于一段段不同的文明，你会储存许多能让你达成目标所需的横向的力量。

有的时候，孩子给予你的力量也是很惊人的，无数次幸福或苦难后，孩子终会让你成为最好的自己，这是任何事业、任何人都不能替代的。

不要以为在职场中缺席一段时间，这个世界就抛弃你了。短暂地停下来，去读书，去看世界，你也有可能会变得更好，人只要自己不抛弃世界，世界就永远不会抛弃你。

天　霞：我在英国的时候，因为疫情，大部分时间都在上网课。我在剑桥待过一段时间，也去中央圣马丁学院学习了一个月的摄影，确实感觉到有一些蜕变。

我觉得您这个建议对我来说挺重要的，因为您这斩钉截铁的肯定能让我不再纠结。

天　霞：其实我刚接了一个 offer，我心仪的一家外企在招一个亚
　　　　太区的市场主管。今天上午人事还在套我话，问我是哪儿
　　　　的人，是否定居在北京，其实下一句就想问我有没有孩子。

倪　萍：只要你足够优秀，不断地吸取各种能量，offer 会永远
　　　　不断。可生孩子的时间基本上是有定数的，不是你老了想
　　　　生还能再生的。如果事业上你是一个有追求的人，你就是
　　　　到了 80 岁也依然可以奋斗。

　　　　我觉得人生不应该这样按部就班地度过，我的内心还潜藏
　　　　着很多愿望。退休以后仅是遛遛弯、买买菜，我觉得这不
　　　　是我想要的生活。我遛弯的时候从没停止去想我要做什么，
　　　　我要画什么，我要写什么，我的心中还有很多想做的事。
　　　　拍电视剧、做综艺节目，我把这些工作也当作“遛弯”，
　　　　叫作“遛大弯”。

　　　　去年我参加了好几个综艺节目，到处去感受不同的旅程，
　　　　是因为喜欢这种不断行走、不断沉醉在大自然中的样子。
　　　　我本质上是个好奇的老太太，对什么事都好奇。我从未学
　　　　过画画，因为好奇想试试才拿起了画笔。好奇心是有魔力
　　　　的，能给自己打开完全不同的新世界。每个人的生命里其
　　　　实都有各种可能，就看你敢不敢去尝试，害不害怕失败，
　　　　能不能从头再来。勇敢地走出舒适圈真的会有惊喜，或大

或小，我都欢喜。一辈子重复自己，多没意思，哈哈！

倪　萍：在我妈那个时代，人生字典里是没有"辞职"这两个字的，在哪儿干都是一辈子。

到了我这个时代，开始有半辞职、半往外跳的人。我从最初的话剧演员，跳到中央电视台当主持人，后来又去拍电影、拍电视剧。我还写过书，其实作家不是我能胜任的工作，只是我对自己写的东西的要求不像专业作家那样高，我认为只要表达了我自己的感受，同时也有人愿意看，就达到我的目标了。

对于画画，我也从不要求自己必须达到什么水平，让我快乐的是画画这件事本身。去年疫情最严重的时候买不到国画需要的纸和颜料，收拾家里的时候发现好几年前备下的一些油画板和油画颜料，从没画过油画的我立刻就有了新的冲动。

其实只要内心需要，总会有个开始。

如果凡事都要做好万全的准备才敢迈步，那你的人生基本就困在原地了，永远没有惊喜，不如带着好奇心尝试着往前走，尽力而为就好，欢喜就好。

3. 尽管眼前漆黑一片，但是明天天会亮

倪　萍：我觉得咱俩挺像的，你也挺有好奇心的。

你看过的风景越多，学到的知识越多，就会越有力量。一个人的井挖得越深水越清醇。挖井就是不断地吸收各种各样的知识和文化的过程，虽然辛苦一些，但舀出来的水是甜的。你也是一个爱读书的人吧？

天霞骄傲地点了点头，我对她又多了一分敬意。

倪　萍：拒绝看书的人是世界上最傻的人。书里的营养有时是马上就显现的，很多解不开的困惑，你看看书它就解开了。我觉得我在职场上也算是个特别幸运的人。不是播音主持科班出身，没有名牌大学背景，只是因为机遇好就进了央视成了主持人，幸亏当时没遇上白岩松、撒贝宁这些专业知识丰富，文化眼界都特别高的同行，如果跟他们同期进台我早就被灭啦。做主持人这些年我一直在补课，在读书，可是我越读书越觉得自己知道得太少。所以学习真是一生的功课，也是一生最值得去坚持的事。岁数越大越觉得需

要学习的东西太多，越活越由衷地觉得自己无知。

倪　萍：伊莎多拉·邓肯的自传是早年间对我影响很大的一本书，这本书里写了她在成为世界舞蹈舞台上最亮的那颗星后就接连遭到毁灭性的打击——跟丈夫离婚，孩子出车祸死了，自己出车祸骨头都摔坏了以致再也不能跳舞。这种情况下她对生命的感受让我在无数至暗时刻都很受用。她教会我们如何面对自己的生命，你不顽强地站立就没有人能扶得住你，靠着别人扶你，你终将倒下。

邓肯告诉我们要把自己看成一棵树，一棵树需要浇水，需要经历风雨才能枝繁叶茂，然后从极盛走向枯萎。生命当中有四季，春有百花秋有月，夏有凉风冬有雪，每一季有每一季的风景，你不能因为不喜欢冬天就不过冬天。生命的自然法则是不能抗拒的，能够做的就是调整自己的认知，你才有可能活得从容一些。

哈哈，你听烦了吧？

天　霞：不会的，我很佩服你们这样的女性。

　　我知道我内心是想告诉天霞，生孩子不是耽误人生，而是人生的成长。母性的光辉照耀得更多的是母亲自己。有了孩子的女人是最接近人性本质的，也是把自己揉碎重新塑造的一个奇妙的

过程，这个过程是饱满的，酸甜苦辣一样都不会少。没生孩子 80
岁也是女孩，生了孩子第一天你就变成一个女人了。

倪　萍：岁数大了以后我就发现自己从头脑到身体都不再灵活，我
　　　　一度无法接受日渐衰老的自己，只能靠看书排解焦虑。看
　　　　邓肯的书让我重拾勇气，就从在家锻炼身体开始。刚开始
　　　　的时候我连五个深蹲都做不到，但我不放弃。我每天都练
　　　　习，一点一点地增加难度，今天我不仅能做到五十个深蹲，
　　　　还能骑一个多小时的自行车了。人真的就得靠自己，我这
　　　　个年龄得靠自己，你们更要靠自己，靠自己才踏实。
　　　　我现在听着你们年轻人说什么烦恼啊，对自己的不自信啊，
　　　　困惑啊，甚至有人觉得自己一无所有啊，我都想说你们可
　　　　真是"另类的炫耀"呀，我跟你们比起来才是真的什么都
　　　　没有，但我从不绝望。
　　　　人性的本质就是你拥有再多也依然觉得眼前怎么净是冬天
　　　　啊！但是他忘记了，他刚从春天、夏天、秋天走过。
　　　　有一句台词我一直记得，说的是"尽管眼前漆黑一片，但
　　　　是明天天会亮"。
　　　　我对自己说：天黑了，可以抬头仰望天上的星星，我曾经
　　　　历过满天朝霞，也经历过正午烈焰。星星的光虽然很弱，

但是足够温暖,已经让我很知足了。年轻的时候,可以为了一个名牌包包拼尽全力。得到包包后,又开始想得到与之相配的衣服、手表。下意识的物质需求步步升级,升级到都满足了以后才发现也不过如此。不要说那是因为我已经拥有过了才会不计较,以你们的年龄,我拥有的只要你们努力总有一天都会拥有,但是你们有的我却再也不可能拥有了。我曾经跟我的团队开玩笑说,我愿意用我的全部积蓄去买自己年轻,这是真心话。

同样的话我记得马未都也说过,只有老年人明白老年人。我们对物质的需求很少了,能永久带给人幸福和快乐的只有内心的丰盈。我和天霞真是两代人,她还在为生不生孩子纠结,我要是她,一口气生三个都不嫌多。可她不信,以为我仅仅是安慰她,这算是代沟吗?当然人生无法假设,如果让我回到天霞现在这个年龄,我会如何选择呢?真的不好说。

倪　萍: 如果都选择"躺平",懒惰之下是麻木、混日子、混亲情,最后就是混生命,多可惜呀!
　　　　生活的仪式感,可能只是花上一点钱从街上买回一束平时舍不得买的鲜花,把它放在最醒目的地方。家里突然多了一个令人惊艳的角落，即使只是从旁边走过心情也会变得好起来呀。为了配得上这份美好你不得抹上口红，换上鲜艳的衣服吗？于是你也变漂亮啦，心情也会豁然开朗。有的时候形式带动内容，有的时候外表带动内心。

天霞一脸茫然，看不出是赞同还是反对。我不是她的母亲，也没有资格说服她必须生孩子。有了孩子的哭声和笑声，有人叫你妈妈，你才能感到生活是掷地有声的。

倪　萍：晴朗的日子是上天让你看得更远，落雨的时光是回忆给你的馈赠。

是否成为母亲有时候也是天意。如果老天让你按下暂停键，去听听自己在奔跑中忘了感受的心跳，去厘清那隐藏了很久或者刻意被自己遗忘的生活，就不要害怕停下来，更不要害怕转弯，拐角那里一定有不一样的未来在等你。

那天正好过小年，我看到窗外的院子里阳光明媚，松树底下铺着厚厚的积雪，突然感觉这才像快过年的样子。坐在阳台上晒着太阳看雪，心里真的很高兴，拿起手机在网上找跑腿小哥帮忙买糖瓜，这就叫打起精神来过日子。听着好像强颜欢笑，其实不是的。打起精神过日子的另一种解读是真正意义上把日子一天天地过扎实，自我觉醒是一切动力的根源。

哈哈，看我啰里啰唆地说了那么多，就是想天霞能抓紧时间生一个孩子，两年之后她再去接她心仪的 offer，人生赢家和做母亲之间是不矛盾的。

晚上回家吃了小年的饺子，饭后又想起了天霞，我今天对她说的话其实有一些是我违心说的，女人生孩子对我来说真的不是绝对的幸福，这里的苦太多了。可是这又是我自己的选择，于是在苦难中硬撑着把幸福灌进去了。孩子长大了，我也老了，这是做女人必须的归宿吗？

其实我也说不准。

能够说得准的是，孩子如今是我的精神支点。

于是想把作家梁晓声曾说过的一段话写给她，看看有道理吗？

"不懂得适时放弃的人，其实是没有活明白的人。在你的一生中，你不可能把所有的好东西都占为己有，你只能够获得其中的某一种而已。追求体现着一种自信，放弃也同样体现着一种自信。适时地提醒自己调整人生的方向，不但要经常问自己到底要什么，还要经常问自己多少才是够。这样跟自己对话之后，人生的压力可能会相对变得小一些。"

人生问答题

对于职场女性，生育和事业发展有冲突时，
到底应该选哪个？

A. 生孩子重要。生育是一件很有价值和意义的事，
   每个宝宝都是上天给我们的最好礼物。

B. 事业重要。对于职场女性来说，当妈是道坎儿，
   生育会导致事业发展的停滞甚至倒退。

后来的我们

也许是调整了心态，也许是一些机缘巧合，和倪萍老师聊完后没多久，我便怀上了宝宝，在虎年年末诞下了一名六斤重的女婴。原本准备回国后趁热开启新的工作，现在却成了一位焦头烂额，埋头于尿布和喂奶间的妈妈。

此时此刻，我在楼下遛娃，抽空在手机的备忘录上敲下这些文字。头顶围绕着此起彼伏的清脆短促的鸟叫声，海棠花已经全部败落，换成了绿茵成片的景色。这一切都恍如隔世，好像在提醒我，心中的那颗不再焦虑的种子，也许是在那年小年夜种下的。

现在当别人问我产假休多久的时候，我会坦然地说我现在全脱产了，然后心安理得地在朋友圈发孩子的照片。

以前我会觉得，自己绝对不要成为那种在社交媒体晒娃的人，好像整个人除了孩子什么都没有。现在我才知道，这没什么害臊的，成为母亲也是我人生的一部分，这背后是多少的不眠夜和心血，为家庭和孩子付出劳动的母亲是值得敬佩的。

此时此刻我心甘情愿浸泡在育儿的生活中。我选择了母乳喂养，选择了独立带娃，没有让老人来家中同住。虽然是 24 小时围着孩子转的妈妈，但内心觉得自己并没有丢失自己。也许是过去多年的工作为我提供了稳定的心理抗压能力，也许是新的生命为我开启了全新的世界，虽然我也有太累想放弃的时候，但看着她天真的笑容我就又想让自己再努力一点点，她为我注入了无尽的活力。

人在 3 岁前是没有太多的记忆的，现在看着她的点点滴滴，我好像知道了生命的奥秘，填补了缺失的记忆。有时候我想，她长大之后选择结婚生子，我会全力支持她；但如果她选择不结婚，不生孩子，我也会尊重她。希望她能开心豁达，受了委屈能跟我说，有开心的事能想到跟我分享，这就够了。倪萍老师给我的建议和分享，对我来说也许是颗不经意间的定心丸吧，关于事业的事情，边走边看呗。

——天霞

家庭主妇如何才能让自己更有价值感？

来访人小档案

昵称：云画

年龄：40+

婚育：已婚已育

职业：家庭主妇、童书作家

云画妹妹浑身散发着南方姑娘的温柔优雅，骨子里满是韧性。

云画小时候的经历要比一般女孩子坎坷，从偏远的小山村走出来，最后定居在北京，有了一个幸福的家庭，一路走到现在很不容易。

1. 家庭主妇如何平衡梦想与生活？

云　画：倪萍老师，您好，我叫云画。这是送您的花。我一直很喜
　　　　欢您，希望您永远笑靥如花。

　　一见面，云画就送了我一束漂亮的花，她知道我是一个喜欢
花的人。紧接着，她又送了我一本书，是她自己创作的童书。

倪　萍：童书我也喜欢，谢谢你。给孩子写书，这真是一个好职业，
　　　　现在的家长特别愿意给孩子选书、买书。书像吃饭一样重
　　　　要，你的书我回家后一定会看。

　　云画优雅地点点头，莞尔一笑。

云　画：这是我写的第一本儿童小说，以前从来没有写过小说。
倪　萍：多好啊，有了第一本，就会有第二本，直到第 N 本。

　　我们聊了一会儿书之后，云画把她的故事向我娓娓道来。我
静静地聆听着，随着她的讲述，走进了她那别样的人生。

云　画：我来自福建一个非常偏远的小山村。我有两个姐姐，大姐
　　　　比我大 10 岁，二姐比我大 5 岁。我出生的时候，住在我
　　　　们这个山头的一个大娘来看我。她有三个儿子，就是没有
　　　　女儿，一看到我就很喜欢，想要把我抱去他们家当女儿养。
　　　　当时我家人很舍不得，就没有同意。但是命运总是让人难
　　　　以捉摸，在我 5 岁的时候，我的母亲得了重病，不久后就
　　　　走了。临走前，母亲考虑到我爸爸一个人带三个孩子很困
　　　　难，那个大娘又是真心喜欢我，就把我托付给了这位大娘。
　　　　于是我就被寄养到了她家，从此有了养父母。

　　　　之前家里为了给母亲治病，到处借钱，最后债台高筑。为
　　　　了维持生计，爸爸就去了城里工作，他那微薄的工资没法
　　　　养活我们，而且他也无力分身照顾我们，最后除了我被送
　　　　走，二姐也被另外一个山头的一户人家收养了，正在上高
　　　　二的大姐只好辍学跟着爸爸到城里一起打工。

　　　　在我读小学三年级的时候，家里的生活条件渐渐好转。为
　　　　了报恩，爸爸和大姐省吃俭用，给了我养父母一大笔抚养
　　　　费，把我接回来了，不久后也以同样的方式把我二姐接回
　　　　来了。就这么兜兜转转，一家人也终于团圆了。后来我爸
　　　　爸再婚，原本一切都朝着好的方向发展，但是我二姐在她
　　　　18 岁的时候生了一场急病，因为救治不及时，永远地离开

了我们。

云　画：家庭的遭遇让我从小就很懂事，内心敏感。长大后，我喜
　　　　欢上了阅读，小学六年级就开始在报刊发表文章，从小的
　　　　梦想就是当作家。但是因为偏科严重，第一次高考落榜了，
　　　　我不想复读，怕被别人嘲笑。巧合的是，有一天我去一个
　　　　好朋友家玩，她家正好来了一个亲戚——一位大学教授。
　　　　大学教授和我交谈后，说："你这么爱写作，又博览群书，
　　　　比我们学校的大学生都强，不去考大学太可惜了。"在他
　　　　的鼓励下，我选择了复读，学习非常拼命，终于考上了北
　　　　京的一所大学。毕业以后我在北京做过记者、编辑，后来
　　　　又结婚生子。我在孩子3岁多时辞职，到现在已经有六年
　　　　时间了，所以我现在的职业其实还是家庭主妇。这就是我
　　　　大致的人生轨迹。

倪　萍：我觉得你完全可以一直写下去。从你刚才的叙述和表达来
　　　　看，条理清楚，思路明晰，证明你能写好，因为表达也是
　　　　写作的能力。

　　　听到这里，云画的表情先是惊讶了一下，随即就笑了，这笑
容中蕴含着被鼓励的喜悦。

云　画：倪萍老师，我一直很崇拜您，没想到能得到您如此肯定，我太高兴了。在当家庭主妇之前，我是个工作狂。当时我管理一个部门，非常辛苦，有的时候累得手都抬不起来。

我跟我先生同在一个公司工作，他很了解我，也了解公司。我那时候就问我先生，如果我辞职，没人接替我的工作怎么办？他非常干脆地说："有，马上就可以找到。"

我听了这句话真的感觉是晴天霹雳，每个人都是自以为很重要。我那么认真、辛苦地拼命工作，结果人家说马上可以被替代。

我思考了一周时间。我想，也许可以替代我的工作的人特别多，但是母亲这个角色是无法替代的，而且我自己的童年没有父母的陪伴，那我现在宁愿放弃我最爱的文字工作去陪伴孩子。当时我们是有房贷的，如果我辞职，家里的收入就会减少，所以我要征求我先生的意见。我跟我先生说："我要辞职，你同意吗？"

我先生说："由你自己来决定，但是你要想清楚，当家庭主妇比这个工作要辛苦十几倍。"

后来我当了家庭主妇才知道，不只是辛苦十几倍，而是一百倍，真的太累了，但是我不后悔自己的决定。

倪　萍：你的先生真好，你很幸运找到了他。

云　画：我觉得在婚姻这件事上，老天好像一直在捉弄我，总是遇不到喜欢的人，所以一直单身，直到过了30岁才遇到我先生。

倪　萍：哈哈，你是在等他。你什么时候开始想到写书的呢？

云　画：我从小就非常喜欢写文章，发表文章也都很顺利。高考复读时学业很重，压力又大，写得就少了。结婚后因为家务多，也没有精力写作。但我一直很想写东西，也没忘记自己的文学梦。我先生是从事出版相关工作的，前年我跟我先生说："我想写书，你能不能帮我推荐给朋友出版？"他说："文学是我们俩最后的尊严，不是我想不想给你推荐，你写得好哪儿都能出版，你写不好哪儿都不能出版。"

倪　萍：你先生真棒！很有原则。

云　画：我觉得他说得非常对，他是我文学路上的知音。后来，我就自己默默地写一点小文章。有一天，我写了一篇文章给我先生看，然后忐忑不安地等着他的"指点"。没想到他说我的文笔非常纯净，性格又太单纯，不适合写婚恋小说，倒是更适合写儿童文学。开始我还很不服气，觉得自己是要成为大作家的，怎么可能去写"幼稚"的儿童文学？他又说了两次之后，我开始认真思考，并且开始深入地去了解儿童文学，才明白儿童文学真的不是小儿科，更不"幼稚"，它肩负着塑造儿童品格和培养审美的重任，不是每个人都能写的。正确认识了这些以后，我开始构思我的第一部儿童小说《柚子向前冲》。创作过程很曲折，经过不断推翻、打磨，修改了七次，才成功出版。

云　画：当然，除了写作，我每天也陪伴儿子，陪他阅读，教他怎么做人，培养他的好习惯，教他不要吃垃圾食品。我觉得自己的童年没有得到的，都给了他。我爱书，我们家满墙都是书，孩子现在也酷爱阅读，这点最让我欣慰。

倪　萍：像你这种家庭幸福、事业有成的人，应该不会有什么烦恼吧？

云　画：从表面上看，我可能活成了别人眼里幸福的模样和我自己想要的模样。我这样一个从大山里走出来的女孩，走到今天，其实应该非常知足。现在作为家庭主妇，我自己也觉得比较幸运了，我可以有时间写书。我先生也比较支持我，还说："你想写就写，不要累坏身体。"但我目前的情况就是，在照顾家庭和写作的时间分配上，其实是有冲突的。我的编辑老师说我写得特别好，要做成一个系列，那么每本书出版的时间就不能间隔太长，应该一本接一本地写，建议我别做家务了，那样太浪费时间、浪费才华。但是我先生想要在回家的时候吃上一口热饭，而且我还要照顾孩子。家庭生活中琐碎的事情很多，买菜做饭，洗碗，拖地什么的，总是让人处在一个非常疲惫的状态。

云　画：我先生自从辞职自己办公司后，工作压力很大，脾气也很暴躁，我理解他，也心疼他。我还要调整好心态写儿童小说，心情不好的时候是写不出有童趣的文字的。我每天都拖着疲惫的身躯忙到晚上十一点才能停下来，我的第一本儿童小说就是这样见缝插针写出来的。

我感觉我现在处在一个十字路口，大家都说我可以写，那我应该把家里的事情都放下，潜心去写书，还是说要平衡家庭与写作？我现在有点迷茫，我要怎么做才好？

倪　萍：我有个作家朋友，一直是一个人生活。我问她："平时过日子会不会对付着过？"她说："你错了，我从来不凑合。"我问："你写作那么忙，你还有工夫过日子？"她说："我太有了，我写东西，必须煮着茶，炉子上要炖着汤，满屋子要有生活的味道。"

有一次她来北京，给我带了一包玫瑰花。她说："花能煮茶，也很养生。"我说："天哪，这么浪漫！"她很爱漂亮，穿衣服从来不凑合。

我就给她画了一幅油画，我画的是满荷塘的荷叶，荷叶上面有一些荷花，荷塘边上有一个穿白色连衣裙的漂亮女人的背影。她在我眼里，就是一个仙女。

倪　萍：你现在带孩子、照顾先生，不可能把时间和精力全部投入
到写作上，不一定非要在一年或者两年之内出几本书，你
可以把写作的期限一直放宽到 80 岁。你到那时候是不是
还有将近四十年？这四十年里你要好好地输出，不在乎数
量，而是质量，这样你才有可能创作出真正的好作品。

我觉得延长写作的时间，丰厚生活的积累，这对你一定有
很大的帮助。

我听你说你们家有好多书，你又喜欢读书，多好啊！等于
有很多智者都住在你家里，你可以随时跟他们交流。

读书真的能启迪人生的智慧。当你读了足够多的书，对人
生种种事情有了更通透的理解，一部好作品自然而然地就
会在合适的时机被你写出来。

我觉得写作这事，你不用着急，因为现在你儿子的这个阶
段挺重要的，他很快就长大了。这个阶段如果缺失母亲的
陪伴，你以后想弥补都没有机会了，因为这个阶段也是你
儿子的世界观形成的时期。不然等他将来读了大学，结了
婚，生了孩子，你会后悔。你会想：儿子成长中最需要我
的时候，我怎么就为了忙这几本书忽略了他？写作这件
事，不是演员这种职业，害怕青春不再，写作不存在这

个问题。

倪　萍：反过来说你家里还有一个重要人物，就是你先生。你说他
　　　　脾气暴躁，肯定有原因。

云　画：是的。在开公司前他脾气挺好的，特别幽默，特别开朗，
　　　　后来我就觉得他脾气变了。

倪　萍：他的变化来自工作各个方面的压力。因为你很忙很累，你
　　　　在这个时候如果对他照顾不周，或者不理解他，你的婚姻
　　　　可能会失去很多宝贵的东西。你看他好像大男子主义，很
　　　　强势，实际上幸福的决定权掌握在你的手里。

云　画：在我的手里？

倪　萍：是的。其实你现在的生活就是很难得的。

云　画：真的吗？倪萍老师，我和他这种普通的生活不是常态吗？

倪　萍：不是的。你们这个年龄，已经不单单靠外在吸引力了。他
　　　　鼓励你写书，让你愿意写就写，而且你先生说的那句话让
　　　　我很感动，他说你写得好哪儿都能出版，你写不好哪儿都
　　　　不能出版。一个人这样面对自己的妻子，说明你们之间感
　　　　情很深，他也相信你懂他，这个男人多有智慧。
　　　　所以你不要着急。我觉得首先你还是要在家庭中花时间多
　　　　照顾孩子、丈夫，哪怕花费大部分的时间都值得。其次是
　　　　照顾好自己，让自己做一个身体健康的妻子、妈妈，这对

他们俩是实际的帮助，对吧？

倪　萍：再换个角度看，你过去的付出已经逐渐有了很好的结果。

你的孩子对书、对文字这么感兴趣，除了遗传之外，大部分是来自你的引导，你的帮助。

你真的不可以舍掉丈夫，舍掉孩子，那样你为此付出的"成本"太高了。

你会想：我这么呕心沥血，把我所有的精力都奉献给了我的作品，我的作品怎么没有达到预期的影响力？这样就会不自觉地有怨言，可能发行多少你都不会满意，因为你付出太多，你把自己本来很温馨的家庭生活都扔进去了。所以，在时间和精力的分配发生矛盾的时候，退一步，你反而会更从容，会收获更多。

云　画：真的是啊，那我听您的。

倪　萍：我认为这个世界上没有什么不能做的，没有谁能定义我们。只要我们一直努力，什么样的结果我们都可以接受。

云　画：是啊，我记得孩子放寒假的某一天，我在修改稿件。我儿子来书房喊我，我就跟他说："妈妈要改完最后一稿，马上就要交稿了，你能不能等一下？"然后他说他先去玩iPad吧。我当时心里真的很痛。我为了写稿，让我儿子玩电子产品，那样肯定会损伤眼睛，本来这个时间我应该陪他去阅读，或去晒太阳的。

云　画：我特别爱孩子，我一想到他的眼睛会受伤害，内心就很自责，赶紧又跟他说："我以最快的速度把稿件改完再来陪你好吗？"我儿子就回复我说："妈妈，没关系，你忙你的。"他真的特别暖，特别懂事。可是，他越懂事，我就越心疼。

倪　萍：你看，其实你都懂。错过孩子的成长，将来你会后悔的。对一个孩子来说，每一个年龄段都不一样。

云　画：我就听您的，真的，我现在也彻底理解了。其实生活也是写作，如果不把生活的细节弄好，写作也不会有提高。

倪　萍：太对了，你的生活阅历越丰富，写作的时候下笔越从容。所以一定得好好生活，在生活里积累感受。

云　画：太好了，我就按照您说的有张有弛地生活，然后用自己的空余时间做积累。比如说他们都上班、上学了，我闲下来就多看书，然后拿出一定的时间去写作，另外的时间该旅行就旅行，该生活就生活。

倪　萍：对，你做着饭、煲着汤、洗着衣服的时候，可以听书，把时间利用起来，多好呀。

阅读会让你思考，生活会让你收获，你又爱生活，又爱写作，写出好的作品，那就是水到渠成的事了。其实不光是写作，很多事情都是这样，慢才是快。

2. 幸福的生活是需要设计的

　　日复一日的琐碎生活像是一场无声而持续的洗礼，会洗掉激情，洗掉浪漫……而完全沉浸其中的家庭主妇，要怎么在这场洗礼中守住自我，守住幸福？

　　很多家庭主妇都面临这个苦恼，云画也是如此。这也是我们聊的另一个话题。

云　画：我从小就没了妈妈，又有过一段坎坷的成长经历，可能会比别的女孩的经历要稍微独特一点。但除此之外，我其他的事情都比较顺利，也就是在寻找爱人这件事上很慢，可虽然很慢，最后遇到对的人也是值得的。

　　　　可是在结了婚以后，尤其是我选择成为一名家庭主妇后，还是会遇到关于女性家庭地位的问题。我先生已经非常通情达理了，他有文化，也很有魄力，但是他依然会有些大男子主义，觉得女性应该怎么怎么样，这会让我在家庭关系中有一些困惑。

云　画：我有的时候非常不喜欢做家务，会一直拖延做晚饭的时间，
经常是在我先生快回来之前，我才慌张地去弄点米饭，弄
点蔬菜。有时候觉得做家务比写作还累。因为我从小就没
有温暖的家，是吃食堂长大的，对家没什么概念，做家务
更是不擅长。有了孩子后也都有人帮我做家务，突然间我
全部回归家庭，没有人帮助，真的有点不知所措。

有一次，我晚饭只做一个面，一个西红柿卤，一个青菜。

他就说："我工作这么累，回家就吃这些！"他不会跟我吵，
但是会不高兴。他不高兴，我心里就会内疚，可是下一次
我还是不知道要做什么。

我所指的家庭地位是指什么呢？是尊重。

当了全职主妇后，花钱方面他倒是很大方，不会在乎我花
了多少钱，什么都可以让我安排。但是他会说你冰箱的菜
都没管理好，造成了很大的浪费，会指责我。有一次我们
产生矛盾，是因为一把豆角放在冰箱的时间太长坏掉了。

他暴跳如雷："你看看！本来好好的菜，现在不能吃了，
太浪费了！"还气愤地把豆角扔到了地上。

我吃惊地看着他，心里想：我找的这个人怎么会变成这样？
为什么不能和颜悦色地说话？到底是什么原因？我就感觉

我在家里不受尊重，很没有地位。

云　画：我忍不住想，是不是因为我没有挣钱，你才用这种态度对
我？我也不是故意让菜坏的，是冰箱冷藏温度太低了，青
菜被冻坏了。

我本来就是一个非常敏感内向的人，那天太让我委屈、难
过了。等平静后，我就和他说："一直以来别人都对我很
客气，但是你今天的样子，是不是连陌生人都不如？我好
歹也是一个有追求、有理想的女性，就算是保姆犯了什么
错，也不能用这样的态度对她吧。"

我就开始跟他讲我的想法和委屈，讲完他更生气了。他说：
"我压力很大，我不可能来照顾你的情绪。"他的意思是
他在外面打拼，我在家却没有把家照顾好，怎么还能要求
他那么多。

后来我决定写书也有一小部分原因是我觉得自己应该有一
定的社会地位，我不要浪费我的才华，既然上天给了我一
支笔，我就要把我的优势发挥出来，那样他会不会更尊重
我一点？

总之，他就是觉得他已经很尊重我了，但是我觉得还不够
尊重。他问我要一个什么样的尊重，我就说像菜坏掉这种
事情，你不要发脾气，你就跟我说下次要小心一点就可以

了。他当然也懊悔为了一把豆角朝我发脾气，可当时就控制不住情绪。

云　画：他总是这样，让我心情也很郁闷，身体不舒服。有一段时间我不得不去看中医，医生帮我问诊分析，最后说是心郁，然后给我开了中草药。医生还特地交代说："这个药不许给别人熬，要自己熬，闻着药味能够让你打开你的心，药味对你的身体也是有益的。"其中有一种药就像一堆白色塑料片，水一开就会浮起来，得不停把它们压下去……那八服药熬得我真的挺累的。我心想医生可能是在锻炼我的心性，不如认认真真地熬，结果喝完那八服药，整个人的精气神就提起来了，真的变得开心不少。

我现在的困惑就是，像我这样的全职主妇，在家里需不需要去争取女性的地位和尊重？如果您家人因为一把菜坏掉了这样的小事就指责您、生气、摔东西，您会怎么做？

倪　萍：咱们从人性的本质上来说，虽然很多人都不承认这个，但实际上真有，能力就是跟家庭地位紧密相关的。这是人性最根本的东西，是只能意会不能言传的。我觉得人性上的东西，认识到了，就知道了，但真的没必要去找他论证。我觉得你倒是可以做一定的改变，改变也是从人性角度出发，为了彼此更幸福。过日子，肯定有磕磕碰碰，家家都有，你家这算少了，属于芝麻粒儿。

倪　萍：我觉得可以从三个方面解决。

第一，不会做饭可以学啊，你那么聪明，稍微花点心思，就可以成为做饭高手。

第二，所谓没有家庭地位，都是你自己的不自信。照顾孩子和丈夫，比工作的人辛苦多了，要建立你的自信。

第三，那么相爱地一路走来，依然要相信爱情。你原来做事都是大女人风范，现在怎么往小女人上靠了，哈哈。

你可以在家里拿出一些时间读书啊，然后和他去谈论文学，让他了解你对世界的思考，让他知道你不仅仅是做饭带孩子的家庭主妇。比如说你在他回来的时候，就已经把汤煲上了，他进家门的时候，你正很悠闲地坐在沙发上看书，你让他看到你在生活中的一个很美的读书场景，让他觉得你是一个有文化的女人，不仅仅是做饭带孩子的家庭主妇。说句实在话，你可以在丈夫上班的时候读书，但是你这样做就是要让他清楚地看到，感知到，你在提升自己，你也有自己的内心世界，而不是整天围着他转。

有时候生活要有这样的"设计"，日子才能过得更有滋有味。

另外，别什么事都跟他去唠叨。本来他觉得在家很放松，跟你在一块儿很舒服，没有压力，一唠叨就让他不舒服了。

但有的女人觉得唠叨大大小小的事情是为了丈夫好，为了孩子好，为了家庭好，所以就一股脑儿地什么都说。可是有时候你跟他说真的解决不了问题，只会增加彼此的情绪压力，因为他不是没有事情、没有压力的退休老头儿。

云 画：嗯，对，他现在压力很大。

倪 萍：他那么大的压力你又解决不了。站在自己的角度，你可能会觉得家里这些琐事没人诉说，全部积到了自己心里。但你也要试着疏解自己，不能把它积在心里。为什么呢？生活本身就是有各种酸甜苦辣，什么味都有，你要想明白这个事。

你让他回到家里特别自在，他就不会莫名地发火。比如说处理蔬菜这个问题，他觉得浪费很烦，就把这个菜一下子扔了。

我觉得聪明的做法是，你什么都不说，把菜捡起来，重新收拾好冰箱。你自己这样做，两三次之后，以你丈夫这种为人，他就不会有这种暴躁的反应。他再发脾气，下一秒就后悔了。

相反，如果你的处理方法是指责他：你看你，怎么这样对我？你的脾气怎么这么暴躁？你跟他掰扯，这样愤怒的情绪会成倍地增加。他的情绪在愤怒的制高点，你就要很平静地处理这个事。他生气地扔了，你就再收拾。收拾完你就忙自己的，你该干什么干什么。

云　画：哇！您这样的处理方法真的很优雅。

倪　萍：不是优雅，是一种最好处理方法。你完全能这样做，不然可能会产生一种什么样的结果？慢慢地，他觉得你虽然很辛苦，但是你的唠叨他也受不了，然后就少回家，万一在外面有更能聊得来的人便麻烦了，这是本性上的东西。所以你现在要珍惜，珍惜这么好的家庭，这么好的丈夫。其实需要改变的只是你处理问题的方法。

你一定不要烦恼，不要怨恨。可能你会觉得你是百分之百为丈夫为孩子付出，可最后他回家你又得忍受他的脾气。你不应该忍，也不应该发作，因为这不是个事。他就回家对你可以发一下脾气，发发牢骚，他在单位面对同事的时候，肯定得忍着。因为你是他最亲的人，你是他儿子的妈妈。

云　画：是，他在公司很幽默，很温和。他的确也只是偶尔在家有坏脾气。

倪　萍：如果他在你面前还得装着、绷着、忍着，一直这样小心翼翼的也挺累的。换个角度讲，你的先生在公司也不容易，你让他回到家里再跟你吵，真是好日子不好好过。

就让他在家里整个状态都自然一点，松弛一点，而你对他就是完全的接纳包容。你男人有时看起来很强大，可是如果你给了他可以依靠的心，他也愿意靠啊，多温暖啊！

倪　萍：美好生活都是自己创造的，没有白送上门的。生活实际上是一种选择，你做出什么样的选择，就会过上什么样的日子。你要是跟他吵啊、打啊，就为了争取一个所谓的平等，那这个平等就是一个表面平等。

你对他尊重是因为他在工作上很有能力，你高看他。觉得他强势，你内心就要更强大啊，自我强大。当时他爱上了你，选择了你，肯定是因为你的优点。

所以你不能把自己变成怨妇，每天怨这个怨那个。当然你肯定有怨的理由，但这个疙瘩是你可以轻轻地就把它解开的，而且他不是说有什么乱七八糟的原则上的问题，也没有在经济上对你有任何指手画脚，说你不能花一分钱。

你从心里要认可你在这个家里的价值，你是一个很棒的母亲，你对儿子的教育当下已经有一个好的结果了，如果你还能照顾好丈夫，该多好啊！

云　画：对，我就是不够现实，老活在梦里。我有时候干活儿太累了，就希望我做饭的时候他能帮我洗个碗，或者帮我分担一点什么。

倪　萍：类似这样的生活细节里可以有一些具体的"设计"。比如今天你真的特别累了，他回家一进门，说："怎么还没做好饭？"你就说："对不起，我今天特别累，我点了一份外卖，咱们今天就将就将就，让我歇歇。"第二天你说："我吃够外卖了，要给你们做饭。"生活就是要调节。

倪　萍：很多人可能觉得生活好像顺其自然就行，其实不是，真的是需要用心去经营的。

云　画：是的，您说的我明白了。一个家比较好的状态就是有鲜花，有微笑，我也不愿意让自己活成个怨妇。曾经有一段时间我最累的时候，孩子很小又很闹，我是真的很像怨妇。我觉得我现在已经改变了很多，变得更像内心渴望的样子了。就像您刚才说的，在人性里面会有不可言说的东西。我给您举个例子，比如说之前如果我因为犯懒或者出去弄头发没做好饭，他晚上回到家，看到家里冷锅冷灶的就非常不高兴。但是后来我开始写书，有一天我就发信息跟他说："你要几点才能到家？我在写最关键的一章，你晚一点吃行吗？"他说可以。我就关着门继续写，写到忘记了时间，直到听到他大声叫我："来吃饭吧！我已经做好了。"其实那天是周一，他也特别累，是他每周最忙的一天。但是他到家后没有打扰我，还默默做好了饭菜。我看着热腾腾的饭菜，特别感动，我说："你就这样悄悄地给我做好了？我真不是不愿意给你做饭，是因为小说写到紧要关头了，小说里的这个气儿必须接下去。"他说："没事。"像这样的行为，我也不知道是他体贴，还是因为我成为作家了，还是因为别的什么。

倪　萍：都有。如果你不做事，也不带孩子，就"躺平"什么也不干，他得多爱你，才能让你这么任性。

生活是要调节的，不能老想着自己委屈。《人性的弱点》里边讲，男人、女人在一起生活就会很现实。你要问现实中有没有真正的爱情，我只能说爱情不可捉摸，爱情就是瞬间。在家庭生活当中有没有爱情，也有。当有些惊天动地的事情发生的时候，爱情就迸发出来了，对吧？

平常都是小日子。如果小日子当中我们能够稍稍有心地调整，生活就会呈现出幸福的样子，那也是爱情的模样。

你也许会想，当年他那么爱我，现在怎么变了？

核心没有变，只是表达的方式不一样。

现在年轻人觉得，怎么爱情这么残酷，婚姻也这么残酷。

生活本就如此，这就是现实。

夫妻关系中老婆的魅力其实就是，生活讲究一点，要吃好，休息好，保养好，不要成为愁眉苦脸的黄脸婆。自己煮一点好喝的汤，煮一点好喝的茶，他不在家的时候，你的生活也是很优雅的，顾得上孩子，顾得上丈夫，也能顾得上自己，而不是整天蓬头垢面。衣服要舍得花钱去买品质好的，居家衣服、拖鞋也别凑合，你家的生活条件完全能承担。觉得自己脸色不好的时候，你可以化一点淡妆。如果你喜欢花，也可以时常买点鲜花，插在花瓶里。这些不是为别人，而是为你自己。慢慢地让他觉得你是一个不随便发火、不随便抱怨的人，是一个能下得了厨房上得了厅堂的优雅的女人，让他为自己的老婆骄傲。

倪　萍：千万不要觉得他是我最亲近的人，我随便怎么都可以。恰恰相反，有的时候，男人会觉得他自己可以随便些，但还是希望自己的女人是挺讲究的。

云　画：您说得太对了，有一阵子我天天穿着围裙在家里，觉得自己很像保姆。生活中的这些细节不可忽视，要抽出点时间为自己。

倪　萍：是的，除了打理好这种外在的状态，也得整理好内心的情绪。你想，谁会愿意眼前天天飘着这么一个满嘴怨言的女人呢？

所以，也不能老抱怨。生活有没有苦？肯定有苦，只要过日子就会有苦，对吧？所谓的苦，不是说穷困的苦，是因为有精神世界的追求，所以觉得苦。怎么日子是这样的？

原本不是这样的对吧？

倪　萍：也不要把自己搞得太累了，太累也会抱怨，然后你把怨气积攒在内心，没有一个好脸色面对他，你的女性魅力就没有了。你抱不抱怨，这个事就在那儿，抱怨能解决问题吗？调整情绪才可以解决。

　　　　你还得记住一件事，不能气势汹汹地指责对方的缺点。感情就像搭柴火堆，你搭一块，我搭一块，应该越搭越高。可是如果说了伤人的话，只会变糟，既然两个人没有原则性的矛盾，为什么不让感情升温？

云　画：您说得太好了，太通透了，我之前觉得我没有办法跟别人来讨论，我不太习惯去跟别人说得太细，我今天真的是打开心扉了。

倪　萍：谢谢你这么信任我，但你要清楚，我说的不一定对啊！你不能要求你丈夫是一个完美的人，这种要求是给自己找苦恼。希望越大，失望越大。

　　　　有时候只要把日子过得彼此都舒适就可以了。很多人都觉得，夫妻之间有什么事都要说透，真没必要，心领神会就够了。

　　　　你通过一些"设计"慢慢在自己心里，同时也在他的意识里建立自我。比如有时候你刷完碗了，他要跟你说什么，你可以说："先别跟我说了，现在我想有一些自己的时间，我想听一会儿音乐，看看书。"让他觉得你有自己的生活和理想，而不是可以无限使用的保姆。

云　画：对，我之前真的是把所有的精力都投入到家里了，过于关注他跟孩子，尤其是孩子，关注得太细了。我意识到后就慢慢抽离了。用力过度容易失去自我，我也是在第一本童书的创作中才找到自我的。我觉得我要做一个有独立人格有才华的女性，而不是一个完全失去自我还不让人满意的人。

现在跟您聊完，我完全通透了。倪萍老师，您一直是我崇拜的偶像，您曾经闪耀在那么光辉的一个舞台上，我都不敢奢望有一天能见到您，更别说聊这么私人的话题了。今天的收获我可以用四个字来形容——醍醐灌顶，真的，跟您聊完以后，我的所有心结都不见了，整个人彻悟了。非常感谢您能理解我，给我这么多珍贵又实用的建议。

倪　萍：哈哈。我说了这么多，但愿能帮上你一点。

云画，你已经是一个很幸福的人了，你有一个健康的孩子，有一个很懂你的丈夫，生活衣食无忧，又找到了自己追求的目标。真希望你能调整好自己，让你的小日子锦上添花，一直幸福下去。

人生问答题

如果你是一位很辛苦却不被体谅、不被理解的家庭主妇，你会怎样规划今后的生活？

A. 寻求理解，向身边的人诉说自己的痛苦来开解自己，忍不住地抱怨，但日子还是继续这样过下去。

B. 通过提升自我来调整生活，认可自己的价值，把现在的生活逐渐经营成自己渴望的美好的样子。

后来的我们

2022 年 7 月，我很荣幸见到了倪萍老师，并有了一次深聊。倪萍老师是那么亲切，说话那么睿智，见面的感觉让我如沐春风。我在见面的第二天就写了篇文章——《与倪萍老师见面记》，把倪萍老师的"金句"以及见面的感受都写了下来，以免时间久了记不清细节。隔一段时间我还会看一看，回味一下当时见面的场景。

可以说，那次的"聊聊"对我产生了深刻的影响。首先，我克服了内心的"小洁癖"，聘请了一个白班阿姨，这样就把我从繁重的家务中解放了出来。现在的我每天都在孩子入睡前和他谈心 15 分钟，这也成了他现在最期待的一件事。

其次，每当我又开始抱怨的时候，就会想起倪萍老师和我说的话："谁会愿意眼前天天飘着这么一个满嘴怨言的女人呢？"于是马上闭嘴。

最重要的是，我有越来越多的时间来充实自己。我报了普通话班，仅仅是为了圆小时候的一个主持人梦；我写完了新书《柚子向前冲：重大发现》，这本书已经上市了；我成功加入了福建省作家协会，正在申请加入中国作家协会。连我老公都羡慕我"40岁了，还这么有目标和学习力"。

过了这么久，再回想起倪萍老师的话，我觉得女人一定要改变自己，很多烦恼或痛苦其实是作茧自缚。找回自己，接纳自己，相信自己，你的人生才会闪闪发光。

——云画

请你相信，相信人生值得。

致亲爱的你